**EDAF**

MADRID - MÉXICO - BUENOS AIRES - SAN JUAN - SANTIAGO

EDGAR ALLAN POE

# EL CASO
# DEL SEÑOR VALDEMAR

Introducción de
ALBERTO SANTOS CASTILLO

BIBLIOTECA EDGAR ALLAN POE

Asesor literario: ALBERTO SANTOS CASTILLO

Cubierta: RICARDO SÁNCHEZ

© 1986. De la traducción: RICARDO SUMMERS, ANÍBAL FROUFE,
            FRANCISCO ÁLVAREZ

© 2005. De «El faro»: JOSÉ ANTONIO ÁLVARO GARRIDO

© 2005. De esta edición, Editorial EDAF, S. A.

Editorial EDAF, S. A.
Jorge Juan, 30. 28001 Madrid
http://www.edaf.net
edaf@edaf.net

Edaf y Morales, S. A.
Oriente, 180, n.º 279. Colonia Moctezuma, 2da. Sec.
C.P. 15530 México, D.F.
http://www.edaf-y-morales.com.mx
edafmorales@edaf.net

Edaf del Plata, S. A.
Chile, 2222
1227 Buenos Aires (Argentina)
edafdelplata@edaf.net

Edaf Antillas, Inc.
Av. J. T. Piñero, 1594 - Caparra Terrace (00921-1413)
San Juan, Puerto Rico
edafantillas@edaf.net

Edaf Chile, S. A.
Huérfanos, 1178 - Of. 506
Santiago - Chile
edafchile@edaf.net

*Noviembre 2005*

Depósito legal: M. 43.215-2005
ISBN de la colección: 84-414-1604-4
ISBN: 84-414-1727-X

PRINTED IN SPAIN                                    IMPRESO EN ESPAÑA

Anzos, S. L. - Fuenlabrada (Madrid)

# ÍNDICE

# INTRODUCCIÓN

Edgar Allan Poe continúa arrastrando la enfermedad terminal de su esposa Virginia. Inmerso en la depresión nerviosa, los problemas económicos vuelven a germinar como una mala hierba que siempre aparece para cobrarse el fruto de su desdicha. El autor se ve forzado a cerrar su revista *Broadway Journal* en el número del 3 de enero de 1846. El relato *El caso del señor Valdemar* de finales del año anterior, uno de sus más conocidos e inquietantes, es elaborado en esta atmósfera de inminentes pérdidas, a la vez que representa la vana esperanza de retrasar la muerte, mediante el poder magnético de la voluntad de un Poe en eterna lucha contra el mundo. Lleva a su familia a un *cottage* en Fordham, Nueva York, y es su esposa, prácticamente inválida y desahuciada, la figura que lo estimula para continuar peleando contra la muerte. Pero será la labor como creador lo que mitigará someramente su propio hundimiento físico y psicológico. De esta forma, continuará escribiendo sin descanso, considerándose responsable de las penurias económicas de su familia. De este año de 1846 son los relatos: *La esfinge*, sobre la corta visión que siempre establecen los Estados democráticos que, en definitiva, solo engendran monstruos de destrucción; *El barril de amontillado* puede considerarse como la revancha ideal del autor sobre todos aquellos que lo han humillado a lo largo de su vida, transformado en el Poe vengador que ha encontrado la paz en el crimen perfecto, y *El dominio de Arnheim*, donde el escritor se convierte en creador y esteta de un entorno ideal y de una naturaleza de elevada belleza.

El 30 de enero de 1847 muere Virginia y Poe se hunde en la enfermedad, aquejado del corazón, y en la insania, abandonando la producción literaria en su casi totalidad. Su vida se sostiene gracias a los cuidados de la devota Mrs. Clemm, su auténtica madre. En estos aciagos meses, lo más destacado de su producción es la escritura de su conocido poema *Ulalume* y de las primeras notas sobre su visión cosmológica, *Eureka* (vol. XIII de esta Biblioteca), una auténtica tesis sobre la consumación espiritual del individuo. Al año siguiente, en 1848, mejora del corazón pero continúa obsesionado con la muerte de Virginia, aceptando la bebida y el láudano como compañeros de viaje para que lo guíen a través de la locura del sufrimiento. Mientras, busca denodadamente capital para su soñada revista *The Stylus*, y se publica *Eureka* en el mes de junio. Vagabundea por los bares y cenáculos del país, llevando la buena nueva del «universo de la absoluta unidad». En los círculos literarios de Massachusetts encuentra una vana esperanza, enamorándose de Annie Richmond, mujer casada y amor imposible. A continuación, en Providence, propone matrimonio a la poeta Sarah Helen Whitman, quien lo rechaza finalmente, atemorizada por un Poe entregado a la ansiedad extrema. El escritor parece buscar un ideal femenino que lo saque a flote de ese remolino monstruoso que es el Maelström de su vida. A la vez surge su poema *Las campanas*, como un tañido obsesivo de su alma maniaca. Pero también retorna su labor como escritor, lo que él consideraría «la más noble de las profesiones». De esta forma, en la primera mitad de 1849 comienza a colaborar en el popular semanario de Boston *Flag of Our Union*, donde aparecerán sus últimas obras: *El cottage de Landor*, continuación de *El dominio de*

*Arnheim*, y obra clave para la posterior creación de los universos oníricos y míticos de los escritores norteamericanos H. P. Lovecraft y Clark Ashton Smith; *Hop-Frog* sería su última gran obra del género macabro, cuya temática versaría sobre la venganza, como los relatos de 1843 *El corazón delator* (vol. V de esta Biblioteca) y *El gato negro* (vol. VI), además del ya mencionado *El barril de amontillado*; y sus últimos estertores como erudito fabulador en *Von Kempelen y su descubrimiento* y *X en un párrafo*.

Sus vagabundeos literarios lo llevan finalmente a su querida Richmond, al encuentro de su hermana Rosalie y, sobre todo, al de su amada de juventud, la entonces viuda Sarah Elmira Royster Shelton, con quien se compromete en matrimonio. Las desdichas parecen haber concluido. Marcha a Nueva York a por su madre, pero la sombra guía, y negra, del alcohol lo retienen en Baltimore, donde muere, delirando, el 7 de octubre del año 1849.

ALBERTO SANTOS

# EL CASO DEL SEÑOR VALDEMAR*

No pretenderé, naturalmente, que exista motivo para maravillarse de que el extraordinario caso del señor Valdemar haya despertado discusiones en torno suyo. En realidad, hubiera sido un milagro que otra cosa hubiera pasado. A pesar del deseo de todas las personas relacionadas de que el caso no trascendiera al público, al menos de momento, o hasta que tuviéramos más oportunidades para investigar, y a pesar de los esfuerzos que realizamos en ese sentido, es un hecho que una noticia deformada o exagerada se ha difundido entre la gente y ha llegado a ser el motivo de una serie de desagradables interpretaciones, por su falsedad, y, naturalmente, de una gran incredulidad.

Es, por lo tanto, necesario que yo exponga *los hechos* tal como yo mismo los comprendo. Por lo mismo, me limito a exponerlos sucintamente.

Mi atención, durante los tres últimos años, se había visto grandemente atraída por el tema del mes, merismo, y hace casi nueve meses se me ocurrió de pronto que, en la serie de

---

* Título original: *The Facts in the Case of M. Valdemar*. Primera publicación: *American Review*, diciembre de 1845 (se publica con el título: *The Facts of M. Waldemar's Case*). Edición de referencia: *Collected Works of Edgar Allan Poe*, 3 vols., The Belknap Press of Harvard University Press, Cambridge, Massachusetts, 1969, 1978.

experiencias llevadas a cabo hasta entonces, se había cometido una notable e inexplicable omisión: ninguna persona había sido nunca mesmerizada *in articulo mortis*. Debía verse primero si existía en tales circunstancias en el paciente alguna susceptibilidad magnética; segundo, si existía alguna, era disminuida o aumentada por la situación; tercero, comprobar hasta qué extensión o durante cuánto tiempo podía demorarse la acción de la muerte por este medio. Existían otros puntos que descubrir, pero estos eran los que más excitaban mi curiosidad, el último en especial, por el importantísimo carácter de sus consecuencias.

Mirando a mi alrededor, en busca de algún sujeto que me permitiera poner a prueba estos puntos, pensé en mi amigo el señor Ernest Valdemar, el conocido compilador de la *Bibliotheca Forensica* y autor, bajo el *pseudónimo* de «Issachar Marx», de las versiones polacas de *Wallenstein* y *Gargantúa*. El señor Valdemar, que había residido principalmente en Harlem, Nueva York, desde el año 1839, es, o era, particularmente notable por la delgadez de su persona, por sus extremidades inferiores muy parecidas a las de John Randolph, y también por la blancura de su barba, en violento contraste con lo negro de su pelo, el cual, en consecuencia, era confundido generalmente con una peluca. Su temperamento era marcadamente nervioso y hacía de él un buen sujeto para un experimento mesmérico. En dos o tres ocasiones había conseguido dormirlo con poca dificultad, pero me desilusionaba en otros resultados que su peculiar constitución me habían hecho naturalmente anticipar. En ningún momento pude someter su voluntad de un modo positivo o completo a mi dominio, y, en cuanto a su *clarividencia*, no pude realizar nada con él digno de relieve.

Siempre atribuía mi fracaso en los experimentos al desordenado estado de salud de mi amigo. Algunos meses antes de conocerlo, sus médicos le habían diagnosticado una tisis. En realidad, solía hablar de su muerte con tanta tranquilidad como de algo que no se podía evitar ni ser tampoco lamentado.

Cuando se me ocurrieron por vez primera las ideas a las que he aludido fue, como es lógico, muy natural que pensase en el señor Valdemar. Conocía demasiado la firme filosofía de aquel hombre para tener algún escrúpulo *por su parte*, y además no tenía parientes en América que pudieran interponerse. Le hablé con franqueza sobre el asunto, y cuál no sería mi sorpresa cuando noté que se despertaba en él un excitado interés. Digo que con sorpresa, pues aunque él siempre había cedido su persona libremente para mis experimentos, nunca había dado muestras de simpatía por lo que realizaba. Su enfermedad era de una naturaleza que permitía calcular con toda exactitud la época de su muerte. Finalmente, convinimos en que me avisaría veinticuatro horas antes del momento anunciado por los médicos para su fallecimiento.

No han pasado más de siete meses desde que recibí del mismo señor Valdemar la siguiente nota:

> Mi querido P...:
> Puede usted venir *ahora*; D... y F... están de acuerdo en que yo no puedo pasar de la medianoche de mañana, y creo que aciertan con bastante exactitud.
>
> VALDEMAR

Recibí esta nota media hora después de haber sido escrita, y quince minutos después me hallaba en la alcoba del hombre moribundo. No lo había visto hacía diez días y me asustó la terrible alteración que en tan breve espacio de tiempo se había operado en él. Su cara tenía color plomizo; sus ojos habían perdido todo brillo y su demacración era tan extrema que la piel parecía poder rajarse por los pómulos. Su expectoración era excesiva. El pulso apenas era perceptible. A pesar de todo, conservaba de un modo muy notable tanto su fuerza mental como hasta cierto grado su fuerza física. Hablaba con claridad, tomaba sin necesidad de ayuda algunas medicinas calmantes, y cuando entré en la habitación estaba ocupado en escribir a lápiz algunas notas en un cuaderno de bolsillo. Estaba incorporado en el lecho, apoyándose en unas almohadas. Los doctores D... y F... lo estaban atendiendo.

Después de estrechar la mano del señor Valdemar, me llevé aparte a aquellos caballeros y obtuve de ellos un minucioso informe sobre las condiciones del paciente. El pulmón izquierdo había estado durante dieciocho meses en un estado semióseo o cartilaginoso, y resultaba, por supuesto, completamente inútil para todo propósito de vida. El derecho, en su parte superior, estaba también parcialmente, si no completamente, osificado, en tanto que la región más baja era simplemente una masa de tubérculos purulentos que supuraban entre ellos. Existían varias perforaciones extensas y en un punto se había producido una adhesión permanente a las costillas. Estas apariciones en el lóbulo derecho eran de fecha relativamente reciente. La osificación había progresado con insólita rapidez, sin que hasta un mes antes se hubiera descubierto ninguna señal, y la adhesión solo había sido observada durante los tres últimos días. Independientemente de la tisis, se sospechaba que el paciente sufría de una aneurisma de la aorta; pero sobre este punto, los síntomas de osificación hacían imposible un diagnóstico exacto. La opinión de los dos médicos era que el señor Valdemar moriría en la medianoche del día siguiente, domingo. Eran las siete de la tarde del sábado.

Al dejar la cabecera del enfermo para hablar conmigo, los doctores D... y F... le habían dado su último adiós. No tenían intención de volver, pero, a petición mía, ellos accedieron a visitar al paciente sobre las diez de la noche siguiente.

16

Cuando se hubieron ido, hablé libremente con el señor Valdemar sobre el tema de su próxima muerte, así como también, y más especialmente, del experimento propuesto. Me manifestó que estaba muy ansioso y gustoso de llevarlo a cabo, y hasta me incitó a comenzar inmediatamente. Un enfermero y una enfermera lo cuidaban, pero yo no me sentía con libertad para comenzar un trabajó de aquella naturaleza sin testigos más dignos de confianza que aquella gente, para el caso de que pudiera sobrevenir un accidente repentino. Debido a ello, pospuse la operación hasta casi las ocho de la noche siguiente, hora en que llegaría un estudiante de medicina (Theodore L...l), con quien tenía alguna amistad y que me alivió de ulteriores preocupaciones. En un principio había sido mi intención esperar a los médicos, pero fui impulsado a seguir, primero, por los urgentes ruegos del señor Valdemar y en segundo lugar, por mi convicción de que no tenía un instante que perder, puesto que el enfermo se encontraba prácticamente en las últimas.

El señor L...l fue tan amable de acceder a mi deseo de que tomase nota de todo lo ocurrido, y lo que voy a relatar está en su mayor parte condensado o copiado de un *verbatim*.

Faltarían cinco minutos para las ocho cuando, cogiendo la mano del paciente, le rogué que confirmase tan claramente como pudiera al señor L...l si él (el señor Valdemar) estaba completamente dispuesto a que se hiciera el experimento de mesmerizarse en aquellas condiciones.

Él contestó débilmente, pero perfectamente audible:

—Sí, deseo ser mesmerizado —añadiendo inmediatamente después—: temo que usted lo haya retrasado demasiado tiempo.

Mientras hablaba, comencé los pasos que yo había hallado como los más eficaces para adormecerlo. Evidentemente, quedó influido con el primer movimiento lateral de mi mano por su frente, pero aunque usé todos mis poderes, no conseguí ningún efecto perceptible hasta unos minutos después de las diez, cuando acudieron los doctores D... y F..., según habíamos acordado. En pocas palabras les expliqué lo que me había propuesto, y como ellos no opusieran ninguna objeción, diciéndome que el paciente estaba ya en la agonía, proseguí sin vacilación, cambiando, sin embargo, los pases laterales por otros de arriba abajo, y dirigiendo mi mirada completamente al ojo derecho del enfermo.

A la sazón, su pulso era imperceptible y su respiración estertorosa, con intervalos de medio minuto.

Esta situación permaneció estacionaria durante un cuarto de hora. Al fin de este plazo, sin embargo, se escapó del pecho del moribundo un suspiro natural, aunque muy profundo, y cesó la respiración estertorosa; es decir, el estertor ya no resultaba audible, mientras que los intervalos no disminuyeran. Las extremidades del enfermo estaban totalmente heladas.

A las once menos cinco percibí signos inequívocos de la influencia mesmérica. Los ojos vidriosos, ya casi en blanco, adquirieron esa expresión de inquieta mirada *hacia dentro* que solo se ve en los casos de sonambulismo, y que resulta totalmente inconfundible. Con algunos rápidos pases horizontales, le hice que le temblaran los párpados como ante un sueño incipiente, y con unos cuantos más se los cerré completamente. No quedé satisfecho con esto, sino que continué vigorosamente las manipulaciones con la plena tensión de la voluntad, hasta que conseguí la paralización completa de los miembros del durmiente, después de colocarlos en la posición que parecía más cómoda. Las piernas estaban completamente estiradas; los brazos reposaban en el lecho, a corta distancia de los riñones. Tenía la cabeza ligeramente elevada.

Cuando hube realizado esto era ya medianoche, y rogué a los caballeros presentes que examinaran el estado del señor

Valdemar. Después de algunos experimentos, ellos admitieron que estaba en un estado de trance mesmérico insólitamente perfecto. La curiosidad de los médicos quedó gradualmente excitada. El doctor D... enseguida resolvió permanecer con el paciente durante toda la noche, mientras el doctor F... se despidió con la promesa de que volvería al amanecer. El señor L...l y los ayudantes se quedaron.

Dejamos al señor Valdemar completamente tranquilo hasta cerca de las tres de la madrugada, hora en que me acerqué a él, encontrándolo en las mismas condiciones que cuando el doctor F... se había marchado: es decir, que yacía en la misma posición. El pulso era imperceptible, la respiración suave (no se notaba, a menos que se aplicara un espejo a sus labios), tenía los ojos cerrados naturalmente y los miembros estaban tan rígidos y tan fríos como el mármol. Sin embargo, su aspecto no era con certeza el de la muerte.

Cuando me acerqué al señor Valdemar, hice una tentativa de influir su brazo derecho para que siguiera el movimiento del mío, mientras lo pasaba arriba y abajo por encima de su persona. En tales experimentos con aquel paciente, yo nunca había logrado un éxito perfecto, y en realidad yo tenía pocas esperanzas de conseguirlo entonces; pero, con gran asombro por mi parte, su brazo siguió suavemente y con facilidad todas las direcciones que yo le indicaba con el mío. Decidí aventurar algunas palabras de conversación.

—Señor Valdemar —dije—, ¿está usted dormido?

Él no me contestó, pero yo noté un temblor en la comisura de sus labios, y eso fue lo que me movió a repetir la pregunta. A la tercera, todo su cuerpo se agitó con un ligero estremecimiento; los párpados se abrieron hasta descubrir una línea blanca del globo; los labios se movieron lentamente, y a través de ellos, en un murmullo apenas perceptible, surgieron las palabras:

—Sí; ahora duermo. ¡No me despierte! ¡Déjeme morir en paz!

Toqué sus miembros y los hallé rígidos como antes. El brazo derecho, como antes también, obedecía la dirección de mi mano. Pregunté al dormido:

—¿Siente usted dolor en el pecho, señor Valdemar?

La respuesta entonces fue inmediata, pero menos audible que antes.

—No siento dolor... Me estoy muriendo.

No creí conveniente molestarle más por el momento, y no se dijo nada más hasta la llegada del doctor F..., que llegó un poco antes del amanecer y expresó una ilimitada sorpresa al hallar todavía vivo al paciente. Después de tomarle el pulso y aplicarle un espejo a los labios, me pidió que volviese a hablarle al sonámbulo. Así lo hice:

—Señor Valdemar, ¿duerme usted aún?

Como antes, pasaron algunos minutos antes de que respondiese, y durante aquel intervalo el moribundo pareció estar reuniendo todas sus fuerzas para hablar. A la cuarta vez que repetí la pregunta, él dijo débilmente, con una voz casi inaudible:

—Sí, todavía duermo. Me estoy muriendo.

Los médicos entonces opinaron, o mejor dicho, indicaron que el señor Valdemar permaneciera sin ser molestado en su estado de aparente tranquilidad hasta que sobreviniera la muerte, que, según criterio de todos, debía tener lugar a los pocos minutos. Sin embargo, decidí hablarle una vez más, limitándome a repetir la pregunta anterior.

Mientras yo hablaba se operó un marcado cambio en la expresión del sonámbulo. Los ojos giraron sobre sí mismos, abriéndose lentamente; las pupilas desaparecieron de golpe; la piel tomó un tinte cadavérico que no se parecía al pergamino, sino al papel blanco; y las manchas héticas circulares, que hasta entonces habían estado fuertemente señaladas en el centro de cada mejilla, *desaparecieron* inmediatamente. Empleo esta expresión porque lo repentino de su desaparición no me hizo pensar en nada sino en el apagón de la llama de una vela por un soplo. Al mismo tiempo, su labio superior se retorció, separándose de los dientes que hasta entonces había cubierto por completo, mientras la mandíbula inferior se le caía con un tirón súbito, dejando la boca abierta y descubriendo completamente la lengua hinchada y negruzca. Todos los miembros del grupo presente estaban acostumbrados a los horrores de la muerte; pero era tan espantoso el aspecto del señor Valdemar en aquel momento, que todos nos separamos del lecho.

Me hago cargo que he llegado a un punto en esta narración en el que cada lector se sentirá poseído de un sentimiento de incredulidad; sin embargo, es mi deber continuar.

Ya no había en el señor Valdemar el menor signo de vitalidad, y convencidos de que estaba muerto, íbamos a dejarlo a cargo de los enfermeros, cuando un fuerte movimiento vibratorio se observó en su lengua. Aquello continuó tal vez durante un minuto; al cabo del cual surgió de las mandíbulas distendidas y sin movimiento una voz que sería en mí una locura intentar describirla. Hay en realidad dos o tres epítetos que podrían ser considerados como aplicables en parte; podría decir, por ejemplo, que el sonido era áspero, roto y cavernoso, pero el espantoso conjunto era indescriptible, por la simple razón de que ningún sonido similar ha desgarrado, como lo hizo aquel, el oído humano. Había, no obstante, dos particularidades, que entonces creí, y aún sostengo, que podrían ser consideradas como características de la entonación, que podían ser tomadas para conducir a la idea de su peculiaridad ultraterrena. En primer lugar, la voz parecía llegar a nuestros oídos —al menos a los míos— desde una enorme distancia o desde una profunda caverna en el interior de la tierra. En segundo lugar, me impresionó (temo en realidad que me sea imposible hacerme comprender) como las materias gelatinosas o viscosas impresionan el sentido del tacto.

He hablado tanto de la «voz» como del «sonido». Quiero decir que el sonido de las sílabas era claro, de una claridad maravillosa y estremecedora. El señor Valdemar *hablaba*, evidentemente, contestando a la pregunta que yo le había hecho algunos minutos antes. Yo le había preguntado, se recordará, si todavía dormía. Entonces dijo:

—Sí... No... *He estado* durmiendo... y ahora... *estoy muerto*.

Ninguno de los presentes trató de negar, ni siquiera intentó disimular el indescriptible y estremecedor horror que estas breves palabras, así pronunciadas, tenían que producir. El señor L...l, el estudiante, se desvaneció. Los enfermeros dejaron inmediatamente la habitación y no se pudo hacerlos volver. Por mi parte, no podría pretender describir al lector mis impresiones. Durante casi una hora nos dedicamos silenciosamente —sin que se pronunciase una sola palabra— a reanimar al señor L...l. Cuando volvió en sí, volvimos a investigar sobre el estado del señor Valdemar.

Permanecía en todos los aspectos como acabo de describirlo, con la excepción de que el espejo ya no daba muestras de respiración. Un intento de extraer la sangre de su brazo no dio resultado. Debiera mencionar también que este miembro no se hallaba bajo mi voluntad. Intenté en vano hacerle seguir la dirección de mi mano. En realidad, la única indicación real de que estaba bajo una influencia mesmérica podía hallarse en el movimiento vibratorio de la lengua, siempre que hacía yo al señor Valdemar una pregunta. Él parecía estar haciendo un esfuerzo para contestar, pero ya no tenía suficiente voluntad. Parecía completamente insensible a las preguntas de otras personas distintas, aunque yo intenté poner a los presentes en relación mesmérica con el señor Valdemar. Creo que, hasta aquí, he relatado todo lo que es necesario para comprender el estado del sonámbulo en aquel momento. Se avisó a otros enfermeros, y a las diez abandoné la casa en compañía de los dos médicos y del señor L...l.

Por la tarde volvimos a ver al paciente. Su estado era exactamente el mismo. Tratamos entonces de la conveniencia y la posibilidad de despertarlo, pero no tuvimos mucha dificultad en ponernos de acuerdo de que ningún buen propósito serviría para hacerlo. Era evidente que, hasta entonces, la muerte (o lo que frecuentemente se llama muerte) había sido detenida por el proceso mesmérico. A todos nos pareció claro que despertar al señor Valdemar sería simplemente asegurar su instantáneo, o, al menos, rápido fallecimiento.

Desde aquel día, hasta finales de la semana pasada —*un intervalo de casi siete meses*—, continuamos visitando diariamente la casa del señor Valdemar, acompañados unas veces por médicos y otras por amigos. Todo este tiempo el sonámbulo permaneció *exactamente* como lo he descrito la última vez. Los cuidados de los enfermeros fueron continuos.

Fue el viernes último cuando nos decidimos a hacer el experimento de despertarlo o de intentar despertarlo, y es tal vez el desafortunado resultado de este último experimento lo que ha dado lugar a tantas discusiones en los círculos privados; tantas, que yo no puedo dejar de considerarlo como un sentimiento popular irresponsable.

Con el propósito de aliviar al señor Valdemar del trance mesmérico, usé los pases acostumbrados. Estos, durante un tiempo, fueron infructuosos. La primera indicación de que revivía fue dada por un descenso parcial del iris. Se observó, como especialmente notable, que ese descenso de la pupila aparecía acompañado por el flujo abundante de un líquido amarillento (por debajo de los párpados) de un desagradable y fuerte olor.

Se me sugirió que intentara influir en el brazo del paciente como antes lo había hecho. Hice el intento y fallé. El doctor F... me expresó el deseo de que le hiciera alguna pregunta. Así lo hice.

—Señor Valdemar, ¿puede explicarnos cuáles son sus sentimientos o sus deseos ahora?

Tuvo lugar un instantáneo retorno de los círculos héticos a las mejillas; la lengua tembló, o más bien giró violentamente en la boca (aunque las mandíbulas y los labios permanecían tan rígidos como antes), y, por último, la misma voz espantosa que ya he descrito rompió con fuerza:

—¡Por el amor de Dios! ¡Pronto! ¡Pronto! O duérmame, o despiérteme... ¡Rápido! *¡Le digo que estoy muerto!*

Yo estaba completamente sobrecogido, y durante un instante permanecí sin saber qué hacer. En primer lugar, hice un esfuerzo para tranquilizar al paciente; pero fracasado en esto, debido a la total inanición de la voluntad, retrocedí sobre mis pasos y luché con todas mis fuerzas para despertarlo. Pronto vi que este intento tendría éxito, o al menos pronto imaginé que mi éxito sería completo, y estoy seguro de que todos los que estaban en el cuarto esperaban preparados para ver despertar al paciente.

Pero es imposible que ningún ser humano hubiera podido estar preparado para lo que realmente ocurrió.

Mientras efectuaba los pases mesméricos, entre las exclamaciones de ¡muerto!, ¡muerto!, que *explotaban* de la lengua y no de los labios del paciente, su cuerpo, inmediatamente, en el espacio de un solo minuto, o incluso menos, se contrajo, se desmenuzó materialmente, y se *pudrió* por completo entre mis manos. Sobre la cama, a la vista de todos, yacía una masa casi líquida de espantosa, de detestable podredumbre.

# LA ESFINGE*

DURANTE el temible reinado del cólera en Nueva York había aceptado la invitación de un pariente para pasar dos semanas con él en el retiro de su *cottage ornée*, a orillas del Hudson. Teníamos allí a nuestro alrededor todos los recursos ordinarios de las diversiones veraniegas; y vagando por los bosques, dibujando, paseando en barca, pescando, bañándonos, oyendo música y leyendo, hubiéramos, podido pasar el tiempo muy agradablemente, a no ser por las pavorosas noticias que todas las mañanas nos llegaban de la populosa ciudad. No transcurría un día sin que nos trajesen la noticia del fallecimiento de algún conocido. Luego, como la fatalidad iba en aumento, nos preparábamos a esperar diariamente la pérdida de algún amigo. Por último, temblábamos al acercarse cualquier emisario. El propio aire del sur nos parecía oler a muerte. Aquel pensamiento paralizador se adueñaba, en verdad, por completo de mi alma. No podía hablar, pensar, ni soñar en ninguna otra cosa. Mi anfitrión era de un temperamento menos excitable, y aunque muy deprimido moralmente, se esforzaba por animarme. Su inteligencia, eminentemente

* Título original: *The Sphinx*. Primera publicación: *Arthur's Ladies' Magazine*, junio de 1846. Edición de referencia: *The Works of the Late Edgar Allan Poe*, 4 vols., J. S. Redfield, Nueva York, 1850-56.

filosófica, no se afectaba nunca por quimeras. Era muy sensible a la influencia real del terror, pero no le inquietaban sus sombras.

Sus esfuerzos por sacarme del estado de tristeza anormal en que había caído se veían frustrados en gran parte por ciertos libros que había encontrado en su biblioteca. Eran estos de un carácter que hacían germinar, en cualquiera, semillas de superstición hereditaria que permanecían latentes en mi pecho. Yo había estado leyendo aquellos libros sin que él lo supiera, y por eso se sentía perplejo a menudo ante las violentas impresiones que originaban en mi imaginación.

Uno de mis temas favoritos era la creencia popular en los presagios, creencia que, en aquella época de mi vida, estaba dispuesto a defender casi en serio. Sobre este asunto sosteníamos largas y animadas discusiones: él manteniendo la absoluta carencia de fundamento de la fe en tales cuestiones, y yo afirmando que un sentimiento popular que brotaba con absoluta espontaneidad —es decir, sin huellas aparentes de sugestión—, poseía en sí mismo inequívocos elementos de verdad, y tenía derecho a tanto respeto como la intuición, que es algo característico del hombre de genio.

El hecho es que, poco después de mi llegada a casa, me sucedió allí un incidente tan de todo punto inexplicable, y de una índole tan portentosa, que se me podía disculpar por considerarlo como un presagio. Me aterró, y al mismo tiempo me trastornó y me dejó tan desconcertado, que transcurrieron muchos días antes de que tuviese ánimos para comunicar el caso a mi amigo.

Cerca del anochecer de un día muy caluroso, estaba yo sentado, con un libro en la mano, con la ventana abierta, dominando, a través de un largo panorama de las orillas del río, una vista de una montaña distante, cuya ladera más próxima a mi posición estaba desprovista, por eso que se llama un derrumbamiento, de la parte principal de sus árboles. Mis pensamientos habían vagado largo rato desde el libro que tenía ante mí a la tristeza y desolación de la ciudad vecina. Al levantar mi vista de la página cayeron sobre la desnuda ladera de la montaña, y sobre un objeto..., algún monstruo viviente de horrorosa conformación, que se abrió camino rápidamente desde la cumbre a la base, desapareciendo finalmente en el denso bosque inferior. Cuando aquel ser se mostró por primera vez a mi vista, dudé de mi propia razón o, al menos, de la evidencia de mis propios ojos; y pasaron muchos minutos antes que pudiese convencerme a mí mismo de que no estaba loco ni soñando. Sin embargo, cuando describa el monstruo (que vi con claridad y que vigilé tranquilamente durante todo el tiempo de su marcha), temo que a mis lectores les resulte más difícil convencerse de sus características que a mí mismo.

Estimando el tamaño del ser en comparación con el diámetro de los voluminosos árboles cerca de los cuales él pasaba —los pocos gigantes del bosque que habían escapado a la furia del desplome de tierras—, deduje que era más grande que cualquier barco de línea en servicio. Digo barco de línea porque la forma del monstruo sugería esta idea; el casco de uno de nuestros barcos de guerra de setenta y cuatro cañones puede dar una noción muy aceptable de su contorno general. La boca del animal estaba situada en la extremidad de una trompa de unos veinte metros de longitud, y casi tan gruesa como el cuerpo de un elefante. Cerca del arranque de esta trompa tenía una inmensa cantidad de pelo negro e hirsuto, más del que puede tener el pelaje de una veintena de búfalos; y proyectándose desde este pelo, hacia abajo y hacia los lados, salían dos fulgurantes colmillos parecidos a los del jabalí, pero de un tamaño infinitamente mayor. Extendiéndose hacia delante, paralelas a la trompa, y a cada lado de esta, ostentaba una gigantesca asta de unos quince metros de largo, formada, al parecer, de cristal puro, y en forma de prisma perfecto, que reflejaba de la manera más brillante los rayos del sol poniente. El tronco estaba conformado como una cuña con la punta hacia tierra. De este se extendían dos pares de alas —cada una de ellas casi de cien metros de largo, hallándose situado un par encima del otro, y todo él cubierto de densas escamas metálicas; cada escama tenía aparentemente unos tres o cuatro metros de diámetro—. Observé que las hileras superior e inferior de las alas estaban unidas por medio de una fuerte cadena. Pero el detalle principal de aquella cosa horrible era la representación de una *calavera*, que cubría casi toda la superficie de su pecho, y que estaba trazada seguramente con un blanco deslumbrador, sobre el color terroso del cuero, como si hubiese sido cuidadosamente dibujada por un artista. Mientras contemplaba aquel animal terrorífico, y en especial el aspecto de su pecho, con un sentimiento de horror y de temor, con un sentimiento de futura maldad que me era imposible reprimir con ningún esfuerzo de la razón, vi las enormes fauces en la extremidad de la trompa abrirse de repente, brotando de ellas un ruido tan fuerte y terrorífico que sobrecogió mis nervios como un toque de difuntos; y cuando el monstruo desapareció en la falda de la montaña, caí al instante desmayado en el suelo.

Al recobrar el sentido, mi primer impulso fue, naturalmente, informar a mi amigo de lo que acababa de ver y oír; pero apenas puedo explicar qué sentimiento de repugnancia me impidió hacerlo.

Por fin, una noche, tres o cuatro días después de lo sucedido, estábamos sentados en el cuarto desde el que había visto la aparición; ocupando yo el mismo sitio en la misma ventana, y estando él tumbado sobre un sofá, cerca de mí. La asociación de lugar y tiempo me impulsó a darle cuenta del fenómeno. Me escuchó hasta el final: al principio se rio de buena gana, y luego adoptó una conducta excesivamente grave, como si mi locura estuviese fuera de toda sospecha. En este momento yo veía de nuevo claramente al monstruo, hacia el cual, con un grito de tremendo terror, dirigí ahora la atención de mi amigo. Miró este angustiosamente, pero afirmó que no veía nada, aunque yo señalara con toda minuciosidad la carrera del monstruo, mientras se abría camino abajo por la desnuda ladera de la montaña.

Me sentí entonces inconmensurablemente alarmado, pues consideraba aquella visión como un presagio de mi muerte o, peor aún, como el síntoma precursor de un ataque de locura. Me arrojé vivamente hacia atrás en mi silla, y durante unos momentos escondí la cara entre mis manos. Cuando me descubrí los ojos, la aparición ya no era visible.

Pero mi anfitrión había conservado hasta cierto punto la calma, y me interrogó muy detenidamente sobre las características de aquel ser imaginario. Cuando estuvo plenamente informado, suspiró profundamente, como si se quitara de encima un peso insoportable, y empezó a hablarme, con una tranquilidad que me pareció cruel, acerca de varios puntos de filosofía especulativa que hasta aquí habían constituido temas de discusión entre nosotros. Recuerdo que insistió muy especialmente (entre otras cosas) en la idea de que la fuente principal de error en todas las investigaciones humanas reside en el riesgo que corre el entendimiento al rebajar o supervalorar la importancia de un objeto, por la simple medición errónea de su proximidad.

—Para evaluar correctamente, por ejemplo —dijo—, la influencia ejercida sobre la humanidad en general la difusión de la democracia, la lejanía de la época en que tal difusión pudo efectuarse no dejará de representar un dato en dicha evaluación. Sin embargo, ¿puede usted indicarme un solo escritor que haya escrito sobre el tema de gobierno, que haya pensado alguna vez que esta rama particular del asunto fuese digna de discusión?

Hizo aquí una pausa que duró un momento, se dirigió a una estantería y sacó un tratado corriente de historia natural. Luego me rogó que cambiase de asiento con él, pues así podía ver mejor los pequeños caracteres del volumen; tomó asiento en mi sillón ante la ventana y, abriendo el libro, prosiguió su disertación en el mismo tono que antes.

—Pero por su excesiva minuciosidad —añadió— al describir el monstruo, puedo en todo momento demostrarle a usted lo que era. En primer lugar, permítame leerle una descripción para chicos de la escuela del género *Sphinx*, de la familia *Crepuscularia*, del orden *Lepidóptera*, de la clase *Insecta* o insectos. La descripción dice así:

«Cuatro alas membranosas cubiertas de pequeñas escamas coloreadas, de aspecto metálico; boca que forma una trompa enrollada, debida a una prolongación de las quijadas, sobre cuyos lados se encuentran rudimentos de palpos vellosos; las alas inferiores están adheridas a las superiores por unos pelos tiesos; antenas en forma de porra alargada, prismática; abdomen puntiagudo, la esfinge de calavera causa un gran terror entre el vulgo, a la vez, por esa especie de grito melancólico que profiere y por la insignia de la muerte que muestra en su corselete».

Cerró el libro al llegar aquí y se inclinó hacia delante, colocándose en la misma postura que tenía yo en el momento en que contemplé al «monstruo».

—¡Ah, aquí está, aquí está! —exclamó de pronto—. Está subiendo por la ladera de la montaña de nuevo, y admito que se trata de un ser de un aspecto muy notable. Sin embargo, no era en modo alguno tan grande ni estaba tan distante como usted se imaginó; pues el hecho es que, cuando serpenteaba subiendo por este hilo, que alguna araña había tejido a lo largo del marco de la ventana, sería la dieciseisava parte de una pulgada en su longitud máxima, y estaría también a esa misma distancia, de la pupila de mi ojo.

# EL BARRIL DE AMONTILLADO*

H ABÍA soportado las mil injurias de Fortunato lo mejor que pude, pero cuando llegó al insulto, juré vengarme. Vosotros, que tan bien conocéis la naturaleza de mi alma, no supondréis, sin embargo, que pronunciara ni una sola palabra acerca de mi propósito. *Al final*, yo sería vengado. Este era ya un punto establecido definitivamente. Pero la misma decisión con que lo había resuelto excluía toda idea de riesgo por mi parte. No solo debía castigar, sino castigar impunemente. Una injuria queda sin reparar cuando su justo castigo perjudica al vengador. Igualmente queda sin reparación cuando el vengador deja de dar a comprender a quien le ha agraviado que es él quien se venga.

Debe entenderse que ni de palabra, ni de hecho, di a Fortunato motivo alguno para dudar de mi buena voluntad hacia él. Continué, como de costumbre, sonriendo en su presencia, y él no advirtió que *ahora* aquella sonrisa era producida por el pensamiento de arrebatarle la vida.

Tenía un punto flaco aquel Fortunato, aunque en otros aspectos era un hombre para ser respetado y aun temido. Se enorgullecía de entender mucho de vinos. Son pocos los ita-

---

* Título original: *The Cask of Amontillado*. Primera publicación: *Godey's Lady's Book*, noviembre de 1846. Edición de referencia: *The Works of the Late Edgar Allan Poe* (1850-56).

lianos que tienen verdadero talento de catadores. Su aparente entusiasmo, en una gran parte, suele adaptarse a lo que piden el tiempo y la ocasión, para engañar a los *millonarios* ingleses y austríacos. En pintura y piedras preciosas, Fortunato era, como todos sus paisanos, un charlatán, pero en cuanto a los vinos añejos, era sincero. En este asunto yo no difería de él extraordinariamente. Yo también era muy experto en vinos italianos, y los adquiría a gran escala siempre que se me ofrecían ocasiones.

Una noche, casi al amanecer, en pleno apogeo del carnaval, encontré a mi amigo. Me acogió con excesivo afecto, pues había estado bebiendo mucho. El buen hombre estaba disfrazado de payaso. Llevaba un traje muy ceñido, un vestido de listas de colores, y su cabeza estaba coronada por un gorro cónico adornado de cascabeles. Me alegré tanto de verlo que creí no haberle estrechado jamás su mano como en aquel momento.

Le dije:

—Querido Fortunato; este encuentro es muy oportuno. ¡Qué buen aspecto tiene usted hoy! El caso es que he recibido una barrica de algo que llaman amontillado, pero tengo mis dudas.

—¿Cómo? —dijo él—. ¿Amontillado? ¿Una barrica? ¡Imposible! ¡Y en pleno carnaval!

—Por eso tengo mis dudas —le contesté—, e iba a hacer la tontería de pagarlo como si se tratara de un exquisito amontillado, sin consultarle a usted. No había forma de encontrarlo y temía perder una ganga.

—¡Amontillado!

—Yo tengo mis dudas.

—¡Amontillado!

—Y tengo que pagarlo.

—¡Amontillado!

—Pero como creí que estaba usted ocupado, iba a buscar a Luchesi. Si hay un hombre entendido, él es, sin duda. Él me dirá...

—Luchesi no puede distinguir el amontillado del jerez.

—Y sin embargo existen algunos tontos que sostienen que su paladar puede competir con el suyo.

—Vamos, vamos allá.

—¿Adónde?

—A sus bodegas.

—No, amigo mío, no; no querría abusar de su amabilidad. Adivino que tiene usted algún compromiso. Luchesi...

—No tengo ningún compromiso. ¡Vamos!

—No, querido amigo. Aunque no tenga usted ningún compromiso, percibo que tiene usted mucho frío. Las bodegas son insufriblemente húmedas. Están cubiertas de salitre.

—A pesar de todo, vamos. El frío no importa. ¡Amontillado! ¡Usted ha sido engañado, y ese Luchesi no sabe distinguir el jerez del amontillado!

Y diciendo esto, Fortunato se agarró de mi brazo. Me puse una máscara de seda negra, y ciñéndome al cuerpo una *capa*, dejé que me llevara a mi palacio.

No había criados en la casa; se habían zafado para ir a divertirse en honor del tiempo, y yo les había dicho que no volvieran hasta la mañana siguiente, y les había dado órdenes explícitas de no estorbar por la casa. Aquellas órdenes eran suficientes, bien lo sabía yo; como para asegurarme la inmediata desaparición de todos tan pronto como volviera la espalda.

Cogí dos velas de un candelabro y dándole una a Fortunato lo llevé, haciéndole encorvarse, a través de varias habitaciones, por el pasaje abovedado que llevaba a las bodegas. Bajé delante de él una larga y tortuosa escalera, recomendándole tener cuidado al seguirme. Finalmente, al llegar al pie de la escalera, nos quedamos de pie uno frente a otro, sobre el suelo húmedo de las catacumbas de Montresors.

El andar de mi amigo era vacilante, y los cascabeles de su gorro resonaban a cada paso que daba.

—¿Y la barrica? —preguntó.

—Está más lejos —le dije—; pero observe esas blancas telarañas que brillan en las paredes de la cueva.

Se volvió hacia mí y me miró con dos nubladas pupilas que destilaban embriaguez.

—¿Salitre? —preguntó por fin.

—Salitre —le contesté—. ¿Hace mucho tiempo que está constipado?

—¡Ajj, ajj, ajj...! ¡Ajj, ajj, ajj...! ¡Ajj, ajj, ajj...! ¡Ajj, ajj, ajj...! ¡Ajj, ajj, ajj...!

A mi pobre amigo le fue imposible contestar durante algunos minutos.

—No es nada —dijo por último.

—¡Venga! —le dije con decisión—. ¡Volvámonos! Su salud es preciosa. Usted es rico, respetado, admirado, querido; es usted feliz, como yo lo he sido en otro tiempo. No debe usted malograrse. En cuanto a mí, no importa. ¡Volvámonos! Se pondrá enfermo y no puedo ser responsable. Además, allí está Luchesi.

—¡Basta! —dijo—; el constipado no es nada; no será lo que me mate. Le aseguro que no moriré de un constipado.

—Verdad, verdad —le contesté, y de hecho no tenía intención alguna de alarmarle innecesariamente—; pero debiera tomar precauciones. Un trago de este *Medoc* lo defenderá de la humedad.

Y diciendo esto, rompí el cuello de la botella que tomé de una larga fila de otras análogas que había tumbadas en el húmedo suelo.

—Beba —le dije, mostrándole el vino.

Levantó la botella hasta sus labios, mirándome de soslayo. Se detuvo y me miró familiarmente, mientras las campanillas tintineaban.

—Bebo —dijo— a la salud de los enterrados que reposan en las tumbas que nos rodean.

—Y yo porque tenga usted larga vida.

Volvió a cogerme del brazo y seguimos adelante.

—Estas cuevas —dijo— son muy extensas.

—Los Montresor —le contesté— fueron una grande y numerosa familia.

—Olvidé cuáles son sus armas.

—Un enorme pie humano de oro en campo de azur; el pie aplasta a una serpiente rampante, cuyos colmillos están clavados en el talón.

—¿Y el lema?

—*Nemo me impune lacessit*[1].

—¡Muy bueno!

El vino brillaba en sus ojos y tintineaban los cascabeles. Mi fantasía se calentaba con aquel *Medoc*. Habíamos pasado entre paredes de esqueletos apilados, que se entremezclaban con barricas y toneles en los más profundos recintos de las catacumbas. Me detuve de nuevo, y esta vez me atreví a coger a Fortunato por un brazo, más arriba del codo.

—El salitre —le dije—. Vea cómo aumenta. Cuelga de la bóveda como si fuera musgo; ahora estamos bajo el lecho del río. Las gotas de humedad se filtran por los huesos. Vamos, volvamos antes de que sea demasiado tarde. Esa tos...

—No es nada —exclamó—, continuemos. Pero primero echemos otro traguito de *Medoc*.

---

[1] «Nadie me ofende impunemente.» (*N. del T.*)

Rompí y le alargué un botellín de *De Grâve*, que vació de una vez. Sus ojos llamearon con ardiente luz. Se echó a reír y tiró la botella al aire con un gesto que escapó a mi comprensión.

Lo miré con sorpresa y él repitió el movimiento; un movimiento grotesco en verdad.

—¿No comprende usted? —preguntó.

—No, más bien no —le repliqué.

—Entonces no es usted de la hermandad.

—¿Cómo?

—Usted no es masón.

—Sí, sí —dije—; sí, sí.

—¿Usted? ¡Imposible! ¿Un masón?[2].

—Un masón —repliqué.

—Haga un signo —dijo él.

—Aquí lo tienes —le contesté, sacando de entre los pliegues de mi *capote* una paleta de albañil.

—Usted bromea —exclamó, retrocediendo unos cuantos pasos—. Pero sigamos hasta llegar a donde esté ese famoso barril de amontillado.

—Muy bien —dije, volviendo a colocar la herramienta debajo del capote y ofreciéndole mi brazo de nuevo.

Se apoyó pesadamente en él y continuamos nuestro camino en busca del amontillado. Pasamos por una serie de bajas bóvedas de muy escasa altura: bajamos, avanzamos luego, y descendimos de nuevo llegando a una profunda cripta, donde lo viciado del aire hacía que nuestras antorchas brillasen sin dar llama.

En el más remoto extremo de la cripta apareció otra menos espaciosa. En sus paredes habían sido alineados restos humanos de los que se amontonaban en la cueva, del mismo modo

---

[2] Juego de palabras. Masón significa albañil en francés. (*N. del T.*)

que en las catacumbas de París. Tres paredes de aquella cripta estaban también adornadas de aquel modo. Del cuarto habían sido retirados los huesos y arrojados al suelo, donde yacían esparcidos, formando en algunos puntos montones de gran tamaño. Dentro de la pared, así descubierta por el desplazamiento de los huesos, se veía todavía el interior de una cripta o recinto interior, de unos cuatro pies de profundidad, tres de ancho y seis o siete de altura. No parecía haber sido construida con ningún fin determinado, sino que formaba sencillamente un hueco entre dos de los enormes pilares que servían de apoyo a la bóveda de las catacumbas, y descansaba sobre una de las paredes de granito macizo que las circundaban.

Fue inútil que Fortunato, levantando su vela casi consumida, se esforzara en sondear la profundidad de aquel recinto. La débil luz nos impedía distinguir el fondo.

—Adelante —le dije—; ahí está el amontillado. Si estuviera aquí Luchesi...

—Es un ignorante —interrumpió mi amigo, avanzando con pasos inseguros y seguido muy de cerca, por mí.

En un instante alcanzó el fondo del nicho y, al encontrar cortado el paso por la roca, se detuvo estúpidamente sorprendido. Un momento después yo lo había encadenado al granito. En su superficie había dos argollas de hierro, distantes una de otra casi dos pies horizontalmente. De una de estas pendía una cadena, y de la otra un candado. Rodeando su cintura con los eslabones, fue obra de pocos segundos sujetarlo. Estaba demasiado estupefacto para oponer resistencia. Saqué la llave y retrocedí fuera del recinto.

—Pase usted la mano por la pared —le dije—; no podrá usted menos de percibir el salitre. En efecto, está *muy* húmeda. Una vez más le *ruego* que vuelva. ¿No? Entonces no me queda más remedio que abandonarlo, pero antes debo prestarle algunos cuidados que están en mis manos.

—¡El amontillado! —exclamó mi amigo, todavía no recobrado de su asombro.

—Cierto —le repliqué—, el amontillado.

Después de decir estas palabras, me incliné sobre aquel montón de huesos de que antes he hablado. Apartándolos a un lado, pronto dejé al descubierto cierta cantidad de piedra de construcción y mortero. Con estos materiales, y sirviéndome de mi paleta, comencé con vigor a tapar la entrada del nicho.

Apenas había colocado la primera hilera, cuando descubrí que la embriaguez de Fortunato se había disipado en gran parte. El primer indicio que tuve de ello fue un apagado gemido que salía del fondo del recinto. *No* era ya el grito de un hombre embriagado. Luego se produjo un largo y obstinado silencio. Puse la segunda, hilera, y la tercera y la cuarta, y entonces oí la furiosa vibración de la cadena. El ruido duró varios minutos, durante los cuales, para poder escucharlo con más satisfacción, dejé mi trabajo y me senté sobre los huesos.

Cuando por fin cesó el ruido de la cadena, cogí de nuevo la paleta y acabé sin interrupción la quinta, la sexta y la séptima hilera. La pared entonces estaba casi a la altura de mi pecho. De nuevo me detuve, y levantando la antorcha sobre el trozo de pared construido, arrojé algunos rayos sobre la figura que estaba en el interior.

Una sucesión de fuertes y penetrantes alaridos salió de pronto de la garganta del encadenado, que parecía rechazarme con violencia hacia atrás. Durante un momento vacilé, temblé, y desenvainando mi espada, empecé a lanzar estocadas por el interior del recinto, pero un momento de reflexión me calmó. Coloqué mi mano sobre la maciza pared de la cueva y quedé satisfecho. Volví a acercarme a la pared y contesté a los alaridos de quien clamaba. Los repetí, los acompañé, los sobrepasé en volumen y en fuerza. Esto hice, y el que chillaba acabó por callarse.

Era medianoche y mi tarea había completado la octava hilera, la novena y la décima. Había terminado casi la onceava; solo quedaba una piedra para ajustar y revocar. Tenía que luchar con su peso; la coloqué solo parcialmente en la posición que le correspondía, pero entonces salió del nicho una débil risa que me puso los cabellos de punta. Era emitida por una voz tan triste que hallé dificultad en reconocerla como la del noble Fortunato. La voz decía:

—¡Ja, ja, ja! ¡Je, je, je! ¡Buena broma, amigo! ¡Buena broma! Lo que nos reiremos luego en el palacio, ¡je, je, je!, a propósito de nuestro vino.

—El amontillado —dije yo.

—¡Je, je, je! ¡Je, je, je! Sí, el amontillado. Pero ¿no se está haciendo tarde? ¿No nos estará esperando en el palacio la señora Fortunato y los demás? Vámonos ya.

—Sí —dije—, vámonos.

—¡*Por el amor de Dios, Montresor!*

—Sí —dije—, por el amor de Dios.

Pero en vano escuché para obtener respuesta a aquellas palabras. Me impacienté y llamé en voz alta:

—¡Fortunato!

No hubo respuesta y volví a llamar:

—¡Fortunato!

Tampoco me contestó. Introduje una antorcha por la abertura que quedaba y la dejé caer dentro. Solo se oyó un sonar de cascabeles. Sentí un malestar en el corazón, sin duda a causa de la humedad que había en las catacumbas. Me apresuré a terminar mi obra de albañilería. Aseguré la última piedra en su sitio, colocando el mortero en torno suyo. Contra aquel nuevo trabajo de albañilería volví a levantar la vieja muralla de huesos, que durante medio siglo ningún mortal había perturbado. *¡In pace requiescat!*

# EL DOMINIO DE ARNHEIM*

El jardín estaba adornado como una bella dama
que yace dormida placenteramente
con los ojos cerrados bajo los amplios cielos.
Las azules praderas del cielo estaban como alineadas
en un gran círculo de flores de luz.
Las flores de lis y las gotas reducidas de rocío
que temblaban en sus azules hojas parecían
como rutilantes estrellas brillando en el azul de la noche.

GILES FLETCHER

DESDE la cuna a la tumba una brisa de prosperidad acompañó a mi amigo Ellison. Y no uso la palabra prosperidad en un mero sentido mundano. La empleo como sinónimo de felicidad. La persona de quien hablo parecía nacida con el propósito de simbolizar las doctrinas de Turgot, Price, Priestley y Condorcet; de servir de ejemplo a lo que se ha llamado la quimera de los perfeccionistas. En la breve existencia de Ellison creo haber visto refutado el dogma de que en la mayoría de los hombres yace algún principio oculto, enemigo de la felicidad. Un examen minucioso de su carrera me ha llevado al

---

* Título original: *The Domain of Arnheim* (1846). Primera publicación (edición de referencia): *Columbian Lady's and Gentleman's Magazine*, marzo de 1847.

convencimiento de que, en general, la miseria de la humanidad procede de la violación de algunas pequeñas leyes de la naturaleza; que como especie tenemos en nuestra posesión elementos de felicidad todavía vírgenes, y que aun ahora, en la presente oscuridad y locura de todo pensamiento sobre la gran cuestión de la condición social no es imposible que el hombre, individualmente considerado, pueda ser dichoso bajo determinadas condiciones poco frecuentes y altamente fortuitas.

Mi joven amigo estaba totalmente imbuido de opiniones como estas; y por eso es digno de observación que el ininterrumpido disfrute que distinguió su vida, fue en gran medida el resultado de un previo acuerdo. Es evidente, por tanto, que con algo menos de esa filosofía que de vez en cuando ocupa también el papel de la experiencia, Mr. Ellison se hubiera visto precipitado, por los muchos extraordinarios éxitos de su vida, en el frecuente torbellino de la desgracia que se abre a los pies de aquellos que poseen dotes extraordinarias.

Pero no es mi intención escribir un ensayo sobre la felicidad. Las ideas de mi amigo pueden resumirse en pocas palabras. Admitía solamente cuatro principios elementales, o más estrictamente: cuatro condiciones de felicidad. La que él consideraba principal era (extraño parece decirlo) pura y simplemente la del ejercicio al aire libre. «La salud —según él— obtenida por otros medios es apenas digna de merecer tal nombre». Ponía, por ejemplo, el éxtasis del cazador de zorros y señalaba que los labradores eran la única gente que, como clase, puede ser cabalmente considerada más feliz que las otras. Su segunda condición era poseer el amor de una mujer. Su tercera, y más difícil de lograr, era el desprecio de la ambición; y su cuarta era perseguir siempre un objetivo, sosteniendo que siendo iguales las otras cosas, la extensión de la felicidad conseguida estaba en proporción con la espiritualidad del objetivo perseguido.

Ellison fue notable por la continua profusión de dones que la fortuna derramó sobre él. En gracia personal y en belleza, excedía a los demás hombres. Su inteligencia era del orden de aquellas para las que la adquisición de conocimientos es menos un trabajo que una intuición y una necesidad. Su familia era una de las más ilustres del imperio. Su esposa, la más enamorada y abnegada de las mujeres. Sus posesiones siempre habían sido cuantiosas; pero al alcanzar la mayoría de edad se descubrió que uno de esos extraordinarios caprichos del destino, que sorprenden a todo el mundo social donde ocurren, y que raras veces dejan de alterar radicalmente la forma de ser de quienes son objeto de ellos, se había realizado sobre él.

Parece ser que un siglo antes de que Mr. Ellison alcanzara la mayoría de edad, falleció en una provincia remota un tal Mr. Seabright Ellison. Este caballero había reunido una principesca fortuna, y no teniendo parientes cercanos, tuvo el capricho de permitir que su fortuna se acumulara un siglo después de su muerte. Disponiendo minuciosamente los varios modos de invertirla, previno en su testamento que el capital así acumulado fuera para el pariente consanguíneo más cercano que llevase el apellido de Ellison, y viviente en el momento de transcurrir los cien años. Se hicieron muchos intentos para dejar sin efecto aquel singular testamento, pero no se consiguió por su carácter *ex post facto*, si bien despertó la atención de un gobierno celoso de sus funciones que mediante un decreto legislativo prohibió en lo sucesivo tales acumulaciones. Este hecho, sin embargo, no impidió que el joven Ellison, en su vigésimo primer aniversario, como heredero de su antepasado Seabright, entrara en posesión de la fortuna, que ascendía a cuatrocientos cincuenta millones de dólares[1]. Cuan-

---

[1] Un suceso similar, en sus líneas generales al que aquí se imagina, sucedió no hace mucho tiempo en Inglaterra. El nombre del afortunado heredero era

do se supo a cuánto ascendía la enorme riqueza heredada, se hicieron, desde luego, muchas especulaciones acerca del modo de disponer de ella. La magnitud y la inmediata disponibilidad de la suma causaron viva sorpresa en todos los que se pararon a pensar en el asunto. El poseedor de tan *apreciable* suma podía ser imaginado realizando cualquiera entre mil cosas factibles. Con riquezas que superaban a las de cualquier otro ciudadano, podía haber sido fácil suponerlo entregado a los supremos excesos de las modas más extravagantes de su tiempo; ocupado en las intrigas de la política; aspirando al poder ministerial; adquiriendo un grado más alto de nobleza; fundando grandes museos; protegiendo con generosidad las letras, la ciencia y el arte o, por último, dotando y dando su nombre a grandes instituciones benéficas. Pero estas finalidades y todos los ordinarios, que colmarían las apetencias de cualquiera, parecían ofrecer, en relación con la inconcebible fortuna en posesión del heredero, un campo demasiado limitado. Se hicieron cálculos y estos solo contribuyeron a aumentar la confusión. Se había visto que aun al tres por ciento, la renta anual de la herencia ascendía a no menos de trece millones y medio de dólares, lo cual representaba un millón ciento veinticinco mil al mes, o treinta y seis mil novecientos ochenta y seis por día, o mil quinientos cuarenta y uno por hora, o veintiséis dólares por cada minuto que pasara. Ante tales cálculos quedó

<hr>

Thelluson. La primera vez que vi una cosa como esta fue en el *viaje* del príncipe Pukler-Muskau, quien calcula la suma heredada en *noventa millones de libras,* y precisamente observa que en «la contemplación de una cantidad tan enorme y de las finalidades en que debe emplearse, hay algo de sublime». Para servir las intenciones de este relato he seguido el testamento del príncipe, aunque de manera un poco exagerada. El germen, y en realidad el comienzo de este relato, fue publicado muchos años antes que apareciese la primera entrega de la admirable novela *El Judío Errante*, de Sue, que tal vez se haya inspirado en el relato del príncipe Muskau.

rota la ruta usual de las suposiciones y conjeturas. La gente no sabía qué imaginar. Hubo algunos que todavía llegaron a suponer que Mr. Ellison se privaría al menos de la mitad de su fortuna, una opulencia del todo superflua, enriqueciendo a toda la caterva de parientes, dividiendo entre ellos lo superabundante. De hecho, Ellinson cedió a favor de sus parientes más cercanos la fortuna, poco frecuente, que poseía antes de la herencia.

Sin embargo, no me sorprendió ver que mi amigo, desde hacía tiempo, se había formado un criterio sobre lo que ocasionaba tanta discusión entre sus amigos. Ni tampoco me asombré mucho con la naturaleza de su decisión. Respecto a las caridades personales, había satisfecho su conciencia. En cuanto a la posibilidad de una mejora propiamente dicha, realizada por el hombre mismo y que afectara la condición general del género humano, siento confesar que mi amigo tenía muy poca fe. En resumen: para felicidad o desgracia suya, se reconcentró en sí mismo sobre manera.

Era un poeta, en el sentido más amplio y más noble de la palabra. Además, comprendía el verdadero carácter, el propósito augusto, la suprema majestad y dignidad del sentimiento poético. Por instinto, sentía que la más completa, si no la única satisfacción de este sentimiento, radicaba en la creación de nuevas formas de belleza. Algunas peculiaridades suyas, bien de su temprana educación o bien debidas a la naturaleza de su inteligencia, habían teñido con algo de lo que se llama materialismo todas sus especulaciones éticas; y fue tal vez esta preferencia suya la que lo condujo a creer que la más ventajosa, cuando menos, si es que no el único campo legítimo para el ejercicio poético, radica en la creación de nuevos modos de una belleza puramente *física*. Por esto nunca llegó a ser ni músico ni poeta si usamos este término en su corriente acepción. O es posible también que olvide ser alguna de estas cosas, por mostrarse consecuente con su idea de que en el desprecio de la ambición puede hallarse uno de los principios esenciales para lograr la felicidad sobre la Tierra. ¿No es posible, en verdad, que mientras un genio de elevada categoría es necesariamente ambicioso, el de orden más superior todavía se halle por encima de lo que se llama ambición? ¿Y no puede suceder que muchos genios más grandes que Milton hayan permanecido por su voluntad «mudos y sin gloria»? Creo que el mundo nunca ha visto y no verá jamás, a menos que una serie de accidentes aguijoneara a los rangos más elevados del espíritu humano, moviéndolos a ingratos esfuerzos, la plenitud de triunfal ejecución que es capaz de alcanzar la naturaleza humana en los más ricos dominios del arte.

Ellison no fue músico ni poeta, aunque ningún hombre vivió más profundamente enamorado de la música y de la poesía. Bajo otras circunstancias, distintas de las que lo rodeaban, es posible que hubiera llegado a ser pintor. La escultura, aunque rigurosamente poética en su naturaleza, es demasiado limitada en su extensión y consecuencias como para haber ocupado durante algún tiempo su atención; y con esto he mencionado todos los campos en los cuales la común comprensión del sentimiento poético juzga a este capaz de expansionarse. Pero Ellison sostenía que el más rico, el más verdadero y el más natural, si no el más extenso de todos los campos, había sido olvidado negligentemente. Ninguna definición artística se había hecho del jardinero paisajista, considerándolo en su lealtad al sentimiento poético; con todo, a mi amigo le parecía que la creación del jardín paisaje ofrecía a la musa conveniente la más magnífica de las oportunidades. De hecho, allí estaba el más bello campo para desarrollar la imaginación en las infinitas combinaciones de formas de nueva belleza, siendo los elementos que podían entrar en su combinación, por una amplia superioridad, los más espléndidos que la tierra pueda proporcionar. En la multiplicidad y multicoloridad de flores y árboles reconocía los más directos y enérgicos esfuerzos de la Naturaleza hacia la belleza física, y en la dirección o concentración de este esfuerzo o más propiamente, en su adaptación a los ojos que habían de contemplarlo sobre la tierra él percibía que debía emplear sus mejores medios, trabajando con aprovechamiento de las grandes ventajas que tenía para el cumplimiento no solo de su propio destino como poeta, sino del augusto propósito por el que la Divinidad había implantado el sentimiento poético en el hombre.

«Su adaptación a las miradas que habían de contemplar en la tierra sus resultados...» Con la explicación de esta frase, Mr. Ellison contribuía a resolver lo que siempre me había parecido un enigma; me refiero al hecho (que nadie sino el ignorante discute) de que en la Naturaleza no existe tal combinación de decorado como el pintor genial es capaz de producir. No se encuentran en la realidad paraísos como los que resplandecen en los lienzos de Claude de Lorena. En los más encantadores paisajes naturales se encontrará siempre un defecto o un exceso o mejor, muchos excesos y muchos defectos. Mientras las partes componentes pueden individualmente desafiar la más alta habilidad del artista, la composición de esas partes siempre será susceptible de mejorar. En suma, no se puede hallar sobre la ancha superficie de la tierra *natural*, un sitio desde el que un ojo artístico, mirando detenidamente, no encuentre motivo de ofensa en lo que ha sido llamado la «composición» del paisaje. Y, sin embargo, ¡qué incomprensible es esto! En todas las demás materias se nos ha enseñado certeramente a considerar la Naturaleza como supremo valor de todo. En cuanto a sus detalles, nos estremecería competir con ella. ¿Quién intentará imitar los colores del tulipán o mejorar las proporciones del lirio del valle? La crítica que dice de la escultura o del retrato que en ella la Naturaleza debe ser exaltada o idealizada mejor que imitada, está en un error. Ninguna combinación escultórica o pictórica de la belleza humana hace otra cosa que acercarse a la belleza viviente. Solo en el paisaje puede considerarse exacta ese opinión de la crítica a que se ha hecho referencia. Lo que pasa es que, comprobada en este terreno su verdad, el espíritu precipitado de la generalización ha conducido a quererla extender a todos los dominios del arte. He dicho que *sentí* su verdad allí, porque el sentimiento no puede confundirse con la afectación o la quimera. Los matemáticos no proporcionan demostraciones más absolutas que las que el sentimiento de su arte facilita al artista. No solo él cree, sino que sabe positivamente que tales o cuáles composiciones aparentemente arbitrarias de las cosas constituye la verdadera belleza con carácter único. No es que las razones que para ello tenga posean la suficiente madurez para poder plasmar en concretas expresiones, ya que esta tarea queda reservada para un análisis más profundo de lo que el mundo ha podido ver todavía y que exigirá la investigación a fondo y la enumeración acabada de tales razones. No obstante, el artista se ve confirmado en sus opiniones instintivas por la voz de todos sus hermanos artísticos. Admitamos que una «composición» sea defectuosa, y que una enmienda de la misma sea para corregir un mero arreglo de forma, e imaginemos que esta enmienda es sometida a todos los artistas del mundo... Pues bien; cada uno de ellos reconocerá la necesidad de la misma corrección, y lo que es más: para remediar la composición defectuosa, cada miembro aislado de la fraternidad artística sugerirá idénticos remedios.

Repito que únicamente en el arreglo del paisaje es susceptible de exaltación la naturaleza física y que, por tanto, su susceptibilidad de mejora en este aspecto era un misterio que yo no había sido capaz de descifrar. Mis propios pensamientos sobre el asunto habían descansado en la idea de que la intención primitiva de la Naturaleza debería haber dispuesto la superficie de la tierra de tal modo como para haber colmado por completo el sentido humano de la perfección de la belleza, de lo sublime e incluso de lo pintoresco; pero que esta primitiva intención había quedado frustrada por las conocidas perturbaciones geológicas, perturbaciones de forma y de colores agrupados, en cuya corrección o acomodamiento radica el alma del arte. La fuerza de esta idea quedaba, sin embargo, muy debilitada por la necesidad que la envolvía de considerar las perturbaciones como algo anormal y carente de todo, propósito. Fue Ellinson quien me sugirió que las mismas no eran sino pronósticos de *muerte*. Explicándose así:

—Admito que la inmortalidad del hombre fuese el primer propósito concebido. Tendríamos entonces el arreglo primitivo de la superficie de la tierra, adaptado a ese estado beatífico como una cosa preconcebida. Las perturbaciones fueron las preparaciones para su condición mortal, a la que posteriormente fue reducido.

—Ahora bien —dijo mi amigo—; lo que consideramos como exaltación del paisaje puede que realmente lo sea, aunque únicamente desde el *punto de vista* moral o humano. Cada alteración del escenario natural, posiblemente puede que suponga una mancha en el cuadro. Si consideramos este en grande, en masa, contemplándolo desde algún punto de la superficie de la tierra, aunque no más allá de los límites de su atmósfera, fácilmente se comprende que la mejora de un detalle observado de cerca puede, al mismo tiempo, dañar su afecto general observado desde una distancia mayor. *Puede* ser que exista una clase de seres humanos un día, pero invisibles para la humanidad, para quienes, desde muy lejos, nuestro desorden pueda parecerles orden y nuestra falta de pintoresquismo, precisamente lo contrario. En una palabra: los ángeles terrestres, para cuya contemplación más especialmente que para la nuestra propia, y para cuya apreciación de la belleza, refinada por la muerte, han sido desplegados por Dios los amplios jardines paisajes en los hemisferios.

En el curso de la discusión, mi amigo citó algunos pasajes de un autor de jardinería paisajista, que ha sido considerado como uno de los mayores conocedores de este tema.

—Propiamente, no hay sino dos estilos en la jardinería del paisaje: el natural y el artificial. Uno busca revivir la belleza original del país, adaptar sus medios al escenario circundante, cultivando árboles en armonía con los montes o llanuras de las tierras vecinas; descubriendo y poniendo en práctica aquellas delicadas relaciones de tamaño, proporción y color que, escondidas para el observador corriente, son reveladas en todas partes al experto estudiante de la Naturaleza. El resultado del estilo natural del jardín se ve más bien en la ausencia de todos los defectos e incongruencias, en el predominio de una sana armonía y de un orden, que en la creación de maravillas o milagros de cualquier clase. El estilo artificial tiene tantas variedades como gustos diferentes ha de satisfacer, y guarda una cierta relación general con los diferentes estilos de los edificios. Existen las regias avenidas y rincones de Versalles; las terrazas italianas y un viejo estilo inglés, mezclado y vario, que guarda alguna relación con el gótico tradicional y con la arquitectura isabelina inglesa. A pesar de cuanto se diga contra los abusos de la jardinería paisajista artificial, una mezcla de arte puro en la escena de un jardín añade a este una gran belleza. Resulta, en parte, agradable a la vista, por la muestra de orden y un plan que, en parte, se podría llamar moral. Una terraza con una vieja balaustrada cubierta de musgo evoca al contemplarla las bellas figuras que pasaron por allí en otros tiempos. La más ligera exhibición de arte es una prueba de cuidado y de interés humano.

»Por lo que ya he dicho —dijo Ellison—, usted comprenderá que rechazo la idea, aquí expresada, de revivir la belleza original del país. La belleza original nunca es tan grande como la que puede ser recreada. Desde luego, todo depende de la elección de un paraje que cuente con posibilidades. Lo que se ha dicho acerca de descubrir y traer a la práctica bellas relaciones de tamaño, proporción y color es una de esas meras vaguedades de lenguaje que sirven para disimular la imprecisión del pensamiento. La frase citada puede querer decir algo o nada y de ningún modo sirve de guía. Que el verdadero resultado del estilo natural en la jardinería se halle en la ausencia de todos los defectos o incongruencias, más que en la creación de maravillas o milagros, es una proposición que se adapta mejor a la comprensión servil del rebaño que a los fervorosos sueños del hombre de genio. El mérito negativo sugerido pertenece a esa crítica de bajos vuelos que la literatura elevaría a Addison hasta las cumbres apoteósicas. En verdad, mientras que aquella clase de virtud que consiste en la mera evitación del vicio apela directamente al entendimiento y puede circunscribirse, en consecuencia, dentro de la norma, la más grande virtud que llamea en la creación solo puede ser comprendida en sus resultados. La regla solo se aplica a los méritos de la repulsa y a las excelencias que refiera. Más allá de estas reglas, el arte crítico no puede sino sugerir. Se nos puede enseñar a construir un *Catón*, pero será en vano que se nos diga cómo concebir un *Partenón* o un *Infierno*. Sin embargo, hecha la cosa y realizado el milagro, la capacidad de comprensión se hace universal. Los sofistas de la escuela negativa que, debido a su incapacidad para crear, se han mofado de la creación, son ahora los más ruidosos con sus aplausos. Lo que en su condición inicial de crisálida afrentaba a su razón gazmoña, nunca deja, en su madurez de ejecución, de arrancar la admiración de su instinto natural de la belleza.

»Las observaciones del autor sobre el estilo artificial —continuó Ellison— son menos discutibles. Dice que una mezcla de arte puro, en una decoración de jardín, le añade una gran belleza. Esto es exacto, como lo es también la referencia que hace al sentido del interés humano. El principio expresado es incontrovertible; pero *puede* que exista algo más allá de él. Puede que exista un objeto relacionado con ese principio; un objeto inalcanzable por los medios de posesión corrientes de los individuos, pero que si se lograse a pesar de todo, daría a la jardinería paisajista un encanto que superaría al que pudiera otorgarle un sentido de simple interés humano. Un poeta. que dispusiera de recursos monetarios poco frecuentes podría, mientras retuviera la idea precisa de arte, de cultura, o, como nuestro autor dijo: de interés, infundir a sus planes un sentido de belleza tan amplio y nuevo que produjesen un sentimiento de elevada espiritualidad. Se verá que para lograr tal resultado se deben asegurar todas las ventajas de interés o de *propósito*, aliviando su trabajo de la esperanza o del abuso de tecnicismo del *arte* mundano. En el más árido de los desiertos —en la más salvaje de las escenas de naturaleza auténtica— está aparente el arte de su Creador. Con todo, este arte solo se pone de relieve por la reflexión y bajo ningún respeto tiene la clara fuerza del sentimiento. Supongamos ahora ese sentido del designio del Todopoderoso *rebajado en un grado*, de modo que pudiera ponerse en armonía o consistencia con el sentido del arte humano —para formar una especie de intercambio entre las dos cosas—. Imaginemos, por ejemplo, un paisaje cuya vastedad y cuyo carácter definitivo, cuya belleza, magnificencia y originalidad unidas, conduzcan a la idea de cuidado, cultura o atención, por parte de seres superiores, afines, sin embargo, a la humanidad. Entonces el sentimiento de *interés* está preservado, mientras el arte entremezclado reviste los aires de una naturaleza intermedia o secundaria, una naturaleza que no es ni Dios ni una emanación de Dios, sino que es todavía naturaleza en el sentido de obra salida de las manos de los ángeles que vuelan entre el hombre y Dios.»

Ellison estuvo dedicando su enorme riqueza a dar cuerpo a tal visión; desenvolviéndose en el ejercicio al aire libre, asegurado por la vigilancia personal de sus planes; persiguiendo incesantemente el objeto hacia el cual tendían dichos planes; lleno de alta espiritualidad de tal objeto; carente de toda ambición que le permitía sentirla de verdad, en la fuente inagotable de la belleza, sin posibilidad de saciar nunca su sed por ella, que era la pasión dominante de su alma, envuelto por encima de todo en la simpatía de una mujer auténticamente femenina, cuya belleza y amor envolvían su existencia en la purpúrea atmósfera de un paraíso... Ellison creyó encontrar, o *encontró* realmente, la exención de las ordinarias inquietudes de la humanidad, con una gran cantidad de felicidad positiva mucho mayor de la que pudo jamás resplandecer en los ensueños extáticos de madame De Staël.

Desespero de poder transmitir al lector alguna idea exacta de la maravilla que mi amigo logró en la realidad. Quisiera describirlas, pero estoy descorazonado por la dificultad de la descripción y vacilo entre el detalle y la generalidad. Quiza el mejor método consiste en unir ambos sistemas en sus respectivos extremos.

El primer paso de Mr. Ellison hizo referencia, desde luego, a la elección del lugar apropiado; y apenas había comenzado a pensar en este punto, cuando su atención fue atraída por la exuberante vegetación de las islas del Pacífico. Se había hecho el propósito de realizar un viaje a los mares del Sur, cuando una noche de reflexión le indujo a abandonar la idea.

—Si fuese yo un misántropo —dijo—, tal sitio podría convenirme. Su completo aislamiento y su lejanía, y la dificultad de acceso y salida, podría ser en tal caso el mayor encanto. Pero yo no soy un Timón[2]. Deseo el descanso, pero no la depresión de la soledad. Debo conservar conmigo un cierto control sobre la extensión y duración de mi reposo. Serán frecuentes las horas en las que necesite de la simpatía para lo que haya de hacer. Permítaseme, entonces, buscar un sitio no muy lejano de una ciudad populosa, cuya proximidad me ayude además a la realización de mis planes.

En busca de un lugar apropiado, Ellison viajó durante varios años y me permitió que lo acompañase. Mil sitios que me entusiasmaban fueron rechazados por él sin vacilación, por razones que al final realmente me convencieron. Por fin llegamos a una elevada meseta, de maravillosa fertilidad y hermosura, desde la cual se podía contemplar una panorámica de una extensión muy poco inferior a la del Etna, y que, en opinión de Ellison, como en la mía propia, superaba por todos sus elementos pintorescos a las vistas de las granjas lejanas que se ven desde aquella montaña.

—Ahora sé —dijo el viajero, con un suspiro de honda satisfacción, después de contemplar la escena durante una hora— que aquí, en mis circunstancias, el noventa y nueve por ciento de los hombres más descontentos se darían por satisfechos. Este panorama es realmente magnífico y me deleitaría plenamente en él, si no fuera por el exceso de su magnificencia. El gusto de todos los arquitectos que he conocido los lleva, por consideración a la «perspectiva», a situar los edificios sobre la cima de las colinas. El error es obvio. La grandeza en cualquiera de sus formas, pero especialmente en la de la extensión, remueve y excita, para luego fatigar y deprimir. Para la escena ocasional, nada puede ser mejor; pero para una visión constante, no hay nada peor... Es una contempla-

---

[2] Timón el misántropo. Filósofo ateniense. Siglo V a. de C. (*N. del T.*)

ción permanente; la fase más censurable de la grandeza es esa de la extensión. La fase peor de la extensión es la distancia. Esto está en guerra con el sentimiento y con el sentido de *retiro*, sentimiento y sentido que intentamos satisfacer retirándonos al campo. Mirando desde la cumbre de una montaña, no podemos menos de dejar de sentirnos *perdidos* en el mundo. El melancólico evita las perspectivas distantes como si se tratara de la peste.

Solo al final del cuarto año de nuestra búsqueda dimos con un lugar con el que Ellison se declaró satisfecho. Obvio es decir *dónde* estaba dicho lugar. La reciente muerte de mi amigo, al hacer que su finca estuviera abierta a cierta clase de visitantes, ha dado a *Arnheim* una especie de secreta y sumisa, si es que no solemne celebridad, parecida en cierto modo, aunque infinitamente superior en grado, a la que ha distinguido durante tanto tiempo a Fonthill.

El acceso a Arnheim se hacía por el río. El visitante dejaba la ciudad por la mañana temprano. Durante la tarde, pasaba entre riberas de una tranquila y natural belleza, sobre las que pastaban innumerables ovejas de blancos vellones, que moteaban el vivo verdor de las praderas ondulantes. Poco a poco, la idea del cultivo iba cediendo el paso a la de un simple cuidado pastoral. Esta se fundía con lentitud en una sensación de retiro, y, a su vez, en una conciencia de soledad. Al acercarse la tarde, el canal se hizo más estrecho, las orillas más y más escarpadas y revestidas de un follaje más rico, más espeso y más sombrío. El agua se hacía más transparente. La corriente describía mil revueltas, de modo que no se podía ver su brillante superficie sino a una distancia mayor que un estadio. A cada instante la embarcación parecía aprisionada en un círculo encantado de insuperable e impenetrables paredes de follaje. Una techumbre de raso ultramar, y sin que *hubiese* suelo, balanceándose la quilla con admirable suavidad, sobre la de una barca fantasmal, que hundida hacia abajo por algún accidente flotase en constante compañía con la que tenía realidad material, con el único propósito de sostenerla. El canal se hizo un *desfiladero*, y aunque el término es algo inapropiado, lo empleo simplemente porque el lenguaje no tiene otra palabra que represente mejor la característica más sorprendente, la más distintiva de la escena. El carácter de desfiladero se daba solamente atendiendo a la altura y al paralelismo de las orillas, aunque se perdieran por completo los otros rasgos. Las paredes de la hondonada (a través de la cual corría el agua tranquila) se elevaban a una altura de cien y a veces de ciento cincuenta pies, y se inclinaban tanto la una hacia la otra que, en gran medida, no dejaban pasar la luz del día, mientras los musgos, largos como plumas, que colgaban densamente de los arbustos que entretejían arriba sus ramas, comunicaban a todo el conjunto un aire de fúnebre tristeza. Las revueltas se hicieron más continuas e intrincadas y con frecuencia parecía como si volvieran sobre sí mismas, de modo que el viajero hacía rato que había perdido toda idea de dirección, además de sentirse envuelto en un exquisito sentido de extrañeza. El pensamiento de la Naturaleza aún permanecía, pero su carácter parecía haber sufrido una modificación: era una misteriosa simetría, una uniformidad sorprendente, una mágica propiedad en aquellas obras suyas. Ni una rama muerta, ni una hoja seca, ni un guijarro perdido, ni un pedazo de tierra parda se veía por ninguna parte. El agua cristalina manaba sobre el limpio granito o sobre el musgo inmaculado con una agudeza de contornos que deleitaba y aturdía la vista al mismo tiempo.

Después de haber serpenteado los laberintos de este canal durante algunas horas, la oscuridad se fue haciendo cada vez más densa. De repente un impetuoso e inesperado viraje de la embarcación la llevó, como caída del cielo, a una dársena circular de extensión considerable, comparada con la anchura del barranco. Esta dársena tenía doscientas yardas de diámetro y estaba rodeada por todos los lados, salvo por uno —el que estaba frente al barco al entrar este—, de colinas que, en general, tenían la altura de los muros del abismo, aunque de un carácter completamente distinto. Sus lados se inclinaban desde el borde del agua en un ángulo de unos cuarenta y cinco grados y estaban revestidas, desde la base a la cima —ni un solo punto quedaba sin cubrir—, de una cortina formada por magníficas flores que no dejaban ver ni una hoja verde entre aquel mar de olorosos y ondulados colores. Esta dársena era de gran profundidad, pero tan transparente que el fondo parecía consistir en una pesada masa de pequeños guijarros redondos de alabastro, perfectamente visibles, y uno bien podía decir, cada vez que miraba hacia abajo, que veía el firmamento invertido y el duplicado de las lozanas colinas. Sobre estas no había árboles ni arbustos de ningún tamaño. Las impresiones producidas en el observador eran de riqueza, calor, color, tranquilidad, uniformidad, delicadeza, refinamiento y voluptuosidad. Una milagrosa clase de cultivos sugería sueños de una nueva raza de hadas laboriosas, de buen gusto, magníficas y maravillosas. Si se elevaba la mirada hacia las colinas multicolores, desde su nítida conjunción con el agua hasta su vaga terminación entre los pliegues de las nubes suspendidas, resultaba difícil en verdad no imaginar una catarata de rubíes, zafiros, ópalos y de ónices dorados cayendo silenciosos desde el cielo.

El visitante, precipitado de pronto en esta bahía al salir de la oscuridad del barranco, queda encantado, pero al mismo tiempo aturdido por el globo de sol poniente que él hubiera supuesto caído bajo el horizonte, pero que ahora se muestra frente a él, formando la única terminación de la de otro modo ilimitada perspectiva que se ve a través de las colinas, por medio de una abertura casi abismal.

Al llegar aquí el viajero deja la embarcación que lo ha llevado hasta tan lejos y desciende a una ligera canoa de marfil, adornada con arabescos de color rojo escarlata tanto por dentro como por fuera. La popa y la proa de esta embarcación se alzan por encima del agua, en elevadas puntas semejantes a las de la luna en cuarto creciente. Sobre la superficie de la bahía descansa con la gracia de un cisne y en su fondo de armiño hay un solo remo de palo de áloe, pero no se ve ningún remero o sirviente. Se ruega al invitado que conserve alegre el ánimo, pues los hados cuidarán de él. La embarcación más grande se ausenta y solo queda la canoa que al parecer permanecía sin movimiento en medio del lago. Mientras recapacita sobre el curso que ha de tomar, se da cuenta que la barquita encantada se desliza con un suave movimiento. Gira lentamente hasta que la proa apunta al sol. Entonces se inicia una marcha suave que gradualmente va haciéndose mayor, y mientras los ligeros rizos rompen sobre las superficies de marfil en divina melodía, parecen ofrecer la única explicación de la música suave y melancólica, en busca de cuyo origen invisible mira en vano el sorprendido viajero.

La canoa avanza con seguridad y se aproxima a la hendidura rocosa, pudiendo divisar de ese modo sus profundidades con más claridad. A la derecha se eleva una cadena de altas colinas, vigorosas y llenas de bosques. Sin embargo, se observa que la *limpieza* más exquisita sigue prevaleciendo en la zona donde las riberas se hunden en el agua. No se ve allí rastro alguno de los desechos corrientes de los ríos. A la izquierda el carácter del paisaje se ofrece más suave y más evidentemente artificial. Las orillas ascienden desde la superficie de la corriente de modo muy suave, formando una ancha pradera de césped, de una contextura no muy distinta a la del terciopelo y de verde tan brillante que podría ser comparado con las esmeraldas más puras. Esta meseta varía en su anchura, de diez a trescientas yardas, alcanzando desde la orilla del río a un muro de cincuenta pies de altura que se extiende, en una infinidad de curvas, siempre siguiendo la dirección del río hasta perderse en la lejanía hacia el oeste. Esta pared es una roca continua y ha sido formada cortando precipitadamente el escarpado barranco de la orilla sur del río, sin que quede rastro del trabajo que ha habido que realizar. La piedra tallada tiene la tonalidad de épocas pasadas y está profusamente cubierta por la hiedra, madreselvas de color rojo, las eglantinas y las clemátidas. La uniformidad de las líneas de la base y de la cúspide del muro están muy suavizadas por árboles de gigantesca altura que crecen aislados o bien en grupos, situados a lo largo de la meseta o en el dominio de detrás del muro, pero muy cerca de este, de tal modo que muchas ramas (especialmente las del negro nogal) pasan por encima y sumergen sus colgantes extremos en el agua. Más allá, dentro del dominio, la visión se ve impedida por una impenetrable cortina de follaje.

Estas cosas se observan durante el gradual acercamiento de la canoa a lo que he llamado la puerta de la perspectiva. Al acercarse, sin embargo, su apariencia de abismo se desvanece y se descubre a la izquierda una nueva salida, en cuya dirección se puede ver cómo se prolonga el muro, que sigue el curso general de la corriente. La vista no puede penetrar muy lejos por esta nueva abertura, pues la corriente, acompañada por el muro, sigue doblando a la izquierda hasta que ambos son tragados por la vegetación.

El barco, no obstante, se desliza mágicamente por el serpenteante canal. La orilla opuesta al muro continúa formada por elevadas colinas que a veces se convierten en verdaderas montañas y se cubren de vegetación silvestre y exuberante, que ocultan la escena.

Flotando suavemente hacia delante, pero con una velocidad ligeramente aumentada, el viajero, después de muchas breves revueltas, encuentra su avance aparentemente interrumpido por una gigantesca barrera de oro bruñido, cincelado y pulido, que refleja los rayos del sol, próximo a sumergirse, que parece envolver en llamas todo el bosque circundante. Esta barrera está insertada en el muro más alto, que parece cruzar el río en ángulo recto. En pocos momentos se observa, sin embargo, que la corriente principal del agua se desliza, siempre siguiendo el muro en una suave y amplia curva, hacia la izquierda, mientras otra corriente de considerable volumen se separa de la principal y se abre camino con una ligera ondulación bajo la puerta y se oculta a la vista. La canoa cae a este canal menor y se acerca a la entrada. Sus potentes hojas se abren lenta y musicalmente. La canoa se desliza entre ellas y comienza un rápido descenso por el interior de un vasto anfiteatro enteramente rodeado de montañas purpúreas, cuyas bases están bañadas por un río resplandeciente que recorre toda la extensión del circuito. Entre tanto, surge a la mirada todo el paraíso de Arnheim. Hay un fluido de fascinadora melodía y una opresiva sensación de un dulce aroma desconocido. Como en un sueño, se mezclan ante la mirada los altos y esbeltos árboles orientales, los arbustos frondosos, el plumaje dorado y carmesí de los pájaros, los lagos rodeados de lilas, los prados de violetas, tulipanes, amapolas, jacintos y tuberosas; las largas y entremezcladas líneas de arroyos plateados, y elevándose confusamente en medio de todo, una masa arquitectónica, medio gótica y medio árabe, que da la sensación de sostenerse milagrosamente en el aire, resplandeciendo en el rojizo ocaso, con un centenar de miradores, minaretes y pináculos, asemejando la obra fantástica y conjunta de las sílfides, de las hadas, de los genios y de los nomos.

# MELLONTA TAUTA*[1]

Al director del *Lady's Book:*

Tengo el honor de remitirle para su revista un artículo que espero sea usted capaz de entender más claramente que yo. Es una traducción hecha por mi amigo Martin van Buren Mavis (llamado «El brujo de Toughkeepsie») de un manuscrito de extraña apariencia que encontré hace aproximadamente un año dentro de un porrón tapado, flotando en el *Mare Tenebrarum* —mar bien descrito por el geógrafo nubio, pero raras veces visitado en nuestros días, salvo por los trascendentalistas y los buscadores de extravagancias.

Suyo,

EDGAR A. POE

A BORDO DEL GLOBO *SKYLARK,*

1 de abril de 2848

Ahora, mi querido amigo; ahora, por sus pecados, usted sufrirá la pena de una larga carta de chismorreos. Le digo

---

* Título original: *Mellonta Tauta*. Primera publicación (edición de referencia): *Godey's Lady's Book*, febrero de 1849.

[1] *Mellonta tauta* son dos palabras griegas que significan «cosas del futuro». (*N. del T.*)

claramente que me dispongo a castigarlo por todas sus impertinencias, por discursivo, por incoherente, y por insatisfactorio hasta lo imposible. Además, aquí estoy, encerrado en un globo aerostático, sucio, con cien o doscientos miembros de la *canaille*, todos forzados a una excursión de *placer* (¡qué idea más graciosa tienen algunos sobre el placer!). Y no pienso tocar *terra firma* por lo menos hasta dentro de un mes. Nadie para charlar. Nada que hacer. Cuando una persona no tiene nada que hacer, entonces es el momento de escribir a los amigos. Ahora, por lo tanto, usted comprenderá por qué le escribo una carta: es por mi *ennui* y por sus culpas.

Tenga dispuestas sus antiparras y vaya haciéndose a la idea de que le molestarán. Mi intención es escribirle todos los días durante este odioso viaje.

¡Ay! ¿Cuándo querrá *la Inventiva* visitar el pericráneo humano? ¿Estamos condenados eternamente a las mil inconveniencias del globo? ¿*Nadie* podrá inventar una forma más cómoda de marcha? Este movimiento, al trote lento, a mi parecer, es poco menos que una auténtica tortura. ¡Bajo mi palabra!, no hemos hecho más de cien millas desde el momento en que abandonamos nuestro hogar. Los pájaros nos dejan atrás, al menos algunos de ellos. Le aseguro que no exagero nada. Indudablemente, nuestro movimiento parece más lento de lo que es en realidad; eso debe de ser a causa de que no hay objetos cercanos para estimar nuestra velocidad, y también porque vamos a favor del viento. Realmente, cuando encontramos otro globo tenemos ocasión de percibir nuestra velocidad, y entonces, lo confieso, las cosas no parecen ir tan mal. Acostumbrado como estoy a este modo de viajar, no puedo librarme de una especie de vértigo siempre que un globo pasa por encima de nuestras cabezas. Pienso siempre que es como una inmensa ave de presa que viene a darnos un zarpazo y a llevarnos en sus garras. Esta mañana, al salir el sol, pasó una sobre nosotros, y tan cerca que su cuerda de arrastre rozó en la malla sobre la que se cuelga nuestra barquilla y nos produjo un gran miedo. Nuestro capitán dijo que si el material de la red hubiera sido esa débil barnizada «seda» de hace quinientos o mil años, las averías sufridas no habrían tenido solución. Esta seda, me explicó, se fabricaba con un compuesto de las entrañas de una clase de gusanos de tierra. El gusano, que había sido cuidadosamente alimentado con moreras y con una especie de fruta semejante a la sandía, cuando estuvo suficientemente gordo fue triturado en una prensa. La pasta que produjo en su primitivo estado se conoció con el nombre de *papirus*, y luego fue sometida a varios procesos hasta que terminó por convertirse en seda. Es singular el relatarlo, pero hace tiempo fue un artículo muy admirado para los *vestidos femeninos*. Los globos, generalmente, se construyeron con eso. Parece ser que se encontró un material de mejor calidad alrededor de las semillas de una planta conocida vulgarmente con el nombre de *euphorbium*, y que en aquel tiempo botánicamente se conocía con el nombre de hierba de leche. Esta última clase de seda fue bautizada con el nombre de seda-buckingham, a causa de su gran duración, y ordinariamente fue preparada para ese uso, barnizándola con una solución de caucho, sustancia que en algunos aspectos se parece a la *gutapercha*, tan empleada ahora. Ocasionalmente este caucho fue llamado goma de la India o goma silenciosa e indudablemente procedía de uno de los numerosos *fungi* [2]. No me diga usted de nuevo que soy un anticuario consumado.

Hablando de las cuerdas de arrastre, la nuestra, según parece, en este momento ha dado un golpe a un hombre sobre la cubierta de uno de los pequeños propulsores magnéti-

---

[2] Hongo. (*N. del T.*)

cos que abundan en el océano, debajo de nosotros: un barco de unas seis mil toneladas, vergonzosamente lleno de gente. Debía prohibirse que estos diminutos barcos pudieran llevar más de un número determinado de pasajeros. Al hombre, por supuesto, no le han vuelto a dejar subir de nuevo a bordo y pronto se han perdido de vista tanto él como su salvavidas. Me alegra, mi querido amigo, que vivamos en una edad tan culta en la que una cosa, como un individuo, se supone que existe. La masa es aquello por lo que realmente se preocupa la humanidad. Y, hablando de la humanidad, ¿sabe usted que nuestro inmortal Wiggins no es tan original en sus puntos de vista sobre la condición social, etc., como sus contemporáneos se inclinan a creer? Pundit me asegura que las mismas ideas fueron mantenidas, de la misma manera, hace unos mil años, por un filósofo irlandés llamado Furrier, a cuyo cargo tenía una tienda de pieles de gato y otras pieles. Pundit lo *sabe*, ¿sabe usted?; no puede haber equivocación. ¡Qué maravillosamente vemos verificada todos los días la profunda observación del hindú Aries Tottle (según lo cita Pundit)!: «Así hemos de decir que no una o dos veces, o varias veces, sino con repeticiones hasta el infinito, las mismas opiniones dan vueltas circulares en torno a los hombres».

*2 de abril.*—Hablaba hoy el receptor magnético que tiene como emisión la sección media del cable telegráfico flotante. He sabido que cuando esta clase de telégrafo fue usado por vez primera por Horse, se consideró casi imposible el llevar los cables sobre el mar, pero ahora no podemos comprender dónde estaba la dificultad. Así marcha el mundo. *Tempora mutantur*, le pido, excusas por citar el etrusco. ¿Qué *haríamos* sin el telégrafo atlántico? (Pundit dice que *atlántico* era el antiguo adjetivo.) Empleamos varios minutos, en preguntar al receptor sobre algunas cuestiones, y nos enteramos, entre otras gloriosas nuevas, de que la guerra civil se extiende por África, mientras la peste está haciendo un estupendo trabajo en Uropa y Hasia. ¿No es verdaderamente interesante que, antes de la magnífica luz echada sobre la filosofía por la humanidad, el mundo estuviera acostumbrado a mirar la guerra y la peste como calamidades? ¿Conoce usted las plegarias que se acostumbraban rezar en los antiguos templos para que esos *demonios* (!) no visitaran la humanidad? ¿No es realmente difícil comprender qué principio de interés actuaba sobre nuestros antepasados? ¡Eran tan ciegos que no comprendían que la destrucción de una miríada de individuos representaba una gran ventaja efectiva para la masa!

*3 de abril.*—Realmente es muy divertido subir por la escala a la cima del globo aerostático y contemplar desde allí el mundo que nos rodea. Desde la barquilla de abajo usted sabe que la perspectiva no es tan clara: verticalmente se puede ver poco. Pero sentado aquí (desde donde escribo), en la galería de la cima lujosamente acolchonada, uno puede ver las cosas que van y vienen en todas las direcciones; ahora mismo hay una multitud de globos a la vista. Y dan un aspecto muy animado, mientras el aire resuena con el murmullo de tantos millones de voces humanas. He oído decir que cuando, Yellow o (como dice Pundit) Violet, de quien se cree que fue el primer aeronauta, sostuvo la posibilidad de atravesar la atmósfera en todas las direcciones gracias a una ascensión o a un descenso en busca de una corriente favorable, ni siquiera fue escuchado por sus contemporáneos, que lo consideraron una especie de loco, porque los filósofos (!) de aquel tiempo declararon que la cosa era imposible. En verdad, ahora me parece *absolutamente* inconcebible que una cosa tan evidentemente factible pudiera haber escapado a la sagacidad de los antiguos sabios. Pero en todos los tiempos, los mayores obstáculos para el avance en arte han sido los hombres de ciencia. Estoy seguro que *nuestros* hombres de ciencia no son tan ciegos como los de los tiempos antiguos: ¡Oh!, tengo algo que decirle sobre este tema. Usted sabe que no hace más de mil años los metafísicos consintieron en aliviar a la gente de la más singular fantasía, según la cual no existían más que *dos caminos posibles para llegar a la verdad*. Créalo si puede. Parece que hace mucho tiempo en la noche del tiempo, vivía un filósofo turco (o posiblemente indio) llamado Aries Tottle. Este personaje introdujo, o al menos propagó, lo que conocía con el nombre de modo deductivo o, *a priori*, de investigación. Se apoyaba en lo que él afirmaba que eran *axiomas* o verdades evidentes por sí mismas, y luego, avanzaba lógicamente hacia los resultados. Sus grandes discípulos fueron un tal Neuclides y un tal Cant. Pues bien, Aries Tottle sobresalió enormemente hasta la llegada de un tal Hog, llamado el «Pastor Ettrick», quien sostuvo un sistema completamente distinto, que bautizó con el nombre de inductivo o *a posteriori*. Su plan se refería exclusivamente a la Sensación. Procedió por observaciones análisis y clasificación de hechos *instanciæ naturæ*, como ellos lo llamaban con afectación, hasta leyes generales. El método de Aries Tottle, en una palabra, se basaba en los *noumena;* el de Hog, en los *phenomena*. Pues bien, fue tan grande la admiración que despertó este último sistema, que, con su introducción, Aries Tottle empezó a perder terreno; pero finalmente pudo recobrarlo, y dividió el reino de la verdad con su rival más moderno. Los *sarans* sostenían entonces que los caminos de Aristóteles y los *baconianos* eran los únicos posibles para el conocimiento. «Baconiano», usted lo sabe, fue un adjetivo que se inventó como equivalente de hogiano, y más eufónico y dignificado.

Ahora, mi querido amigo, puedo asegurarle más positivamente que yo presento este tema más claramente y con la autoridad más profunda. Y usted fácilmente podrá comprender cómo una noción tan absurda en sí misma tiene que haber influido para retrasar el progreso de todo verdadero conocimiento, que avanza casi invariablemente por saltos intuitivos. La antigua idea hace que las investigaciones se *arrastren;* y durante centenares de años fue tan grande la influencia de Hog, que supuso un fin virtual a todo lo que se llame propiamente pensamiento; ningún hombre osaría musitar una verdad a la que se sintiera obligado en su *alma* solo. No importa que la verdad fuera incluso *demostrable,* porque los testarudos *sarans* de la época consideraban solo *el camino* por el cual habían llegado hasta ella; No se *fijaban* en el fin. «Consideremos los medios», gritaban, «los medios». Si tras de la investigación de los medios no se encontraban con la categoría de Aries (que es decir Ram), ni con la categoría de Hog, entonces los sabios no seguían adelante, sino, que declaraban tonto al «teórico» y él nada podía hacer con su verdad.

Ahora no puede admitirse eso, aunque por el sistema de arrastrarse se alcanzara la mayor cantidad de verdades, en una larga serie de años, porque la represión de la *imaginación* era un mal que no se podía compensar por alguna *certeza* superior en los antiguos sistemas de investigación. El error de estos *alamanes,* de estos *francos,* de estos *inglis* y de estos *americcans* (los últimos, hay que decirlo, fueron nuestros inmediatos progenitores) fue un error completamente análogo al del necio que se las da de sabio, y que piensa que necesariamente ha de ser mejor el objeto que está más cerca de sus ojos; estos quedan cegados con los detalles. Cuando avanzaron al estilo de Hog[3], sus «hechos» no eran más que hechos: era un asunto de pocas consecuencias el afirmar que *eran* hechos y debían serlo porque parecían tales. Cuando siguieron

---

[3] «Cerdo» en inglés. (*N. del E.*)

por la senda del Carnero, su curso fue tan torcido como un cuerno de carnero, porque *nunca tenían* un axioma que fuese absolutamente axioma. Deben de haber sido muy ciegos para no verlo ni incluso en su época; pues, incluso en su tiempo, muchos de los axiomas establecidos desde antiguo habían sido rechazados. Por ejemplo: *Ex nihilo nihil fit:* un cuerpo no puede estar donde otro; no pueden existir antípodas; la oscuridad no puede venir de la luz; todas estas proposiciones, y otras doce más semejantes, admitidas antiguamente como axiomas sin ningún titubeo, fueron, incluso en el período de que estoy hablando, consideradas como insostenibles. Qué absurdo en aquellas gentes, pues la persistencia en crear «axiomas» como bases inmutables de verdad. Pero incluso en la boca de sus propios y más firmes razonadores es muy fácil demostrar la futilidad, la impalpabilidad de sus axiomas en general. ¿Quién fue el más profundo de sus lógicos? Permítame un momento; voy a preguntárselo a Pundit y vuelvo dentro de un minuto... ¡Ah, ya está! Aquí hay un libro que fue escrito hace cerca de mil años, y que recientemente ha sido traducido al inglés; que, a propósito, parece que ha sido el rudimento del americano. Pundit sostiene que es la obra antigua más profunda e inteligente sobre este tema de la lógica. El autor (que fue un eminente pensador en su día) era un tal Miller o Mill; y recordamos como detalle de alguna importancia que tuvo un caballo llamado Bentham. Pero ojeemos el tratado.

¡Ah...! «La habilidad o inhabilidad para concebir —dice Mr. Mill, muy oportunamente—, en ningún caso ha de aceptarse como un criterio de verdad axiomática». ¿Qué *moderno*, en sus sentidos, se atrevería a criticar esa perogrullada? Lo único sorprendente para nosotros ha de ser cómo ocurrió que Mr. Mill creyera necesario el detenerse incluso en una cosa tan obvia. Hasta aquí está bien...; pero veamos otra página. ¿Qué tenemos aquí?: «Las contradictorias no pueden ser ambas verdaderas; es decir, no pueden coexistir en la naturaleza». Aquí, Mr. Mill intenta decir que, por ejemplo, un árbol ha de ser un árbol o no un árbol: que no puede ser al mismo tiempo un árbol y no un árbol. Muy bien; pero yo le pregunto por qué. Su contestación es esta, y no pretendió ser otra cosa que esta: «Porque es imposible concebir que las contradictorias puedan ser ambas verdaderas». Pero eso no es una contestación, según manifiesta él mismo, ya que él, precisamente, ha admitido como verdad que «la habilidad o inhabilidad para concebir, en ninguna manera puede entenderse como un criterio de verdad axiomática».

Ahora no me lamento de esos antiguos tanto porque su lógica sea, según dicen ellos mismos, totalmente carente de base, de valor y absolutamente fantástica como por su pomposa e imbécil proscripción de todos los *demás* caminos de la verdad y de todos los *demás* medios para alcanzarla que no sean esas dos ridículas sendas: la una para serpentear y la otra para arrastrarse, y a las que se han atrevido a limitar el alma, que no ama ninguna cosa más que la *elevación*.

Y a propósito, mi querido amigo: ¿no piensa usted que esos antiguos dogmáticos se confundieron al tener que determinar por *cuál* de sus dos caminos era alcanzada la más importante y sublime de *todas* sus verdades? Me refiero a la verdad de la gravitación. Newton le debió su descubrimiento a Kepler. Kepler admitió que sus tres leyes habían sido *inspiradas* en... esas tres leyes entre todas las leyes que llevaron al gran matemático inglés, la base de todo principio físico, y detrás del cual hemos de entrar nosotros en el reino de la metafísica: Kepler adivinó, es decir, *imaginó*. Esencialmente era un teórico, esa palabra tan santa hoy día y que primitivamente fue un epíteto despreciativo. Aquellos viejos topos también se confundieron al explicar por cuál de los dos caminos un criptógrafo explica una criptografía más misteriosa de lo corriente, o por cuál de los dos caminos Campolión dirigió a la humanidad hacia esas permanentes y a otras innumerables verdades que resultaron del desciframiento de los jeroglíficos.

Un poco más sobre este tema y no le molestaré ya más. ¿No es *muy* extraño que, con su eterno titubeo sobre los *caminos* de la verdad, esas gentes perdiesen el que se ve ahora con tanta claridad, el camino más grande, el de la Consistencia? ¿No parece singular el modo como fallaron al deducir de las obras de Dios el hecho vital de que una perfecta consistencia *tiene* que ser una verdad absoluta? ¡Qué cómodo ha sido nuestro progreso desde el anuncio de esta última proposición! La investigación ha sido arrebatada de las manos de esos topos, y dada como trabajo, a los verdaderos y a los únicos verdaderos pensadores, a los hombres de imaginación ardiente. Estos últimos *teorizan*. ¿Puede usted imaginarse el grito de desprecio que acompañaría a mis palabras si fuesen escuchadas por nuestros progenitores, si ahora estuvieran mirando por encima de mis hombres? Estos hombres, digo, *teorizan;* y sus teorías son simplemente corregidas, reducidas, sistematizadas, aclaradas, paulatinamente, de su lastre de inconsistencia, hasta que, por último, una perfecta consistencia aparentemente se levanta, e incluso los más estólidos han de admitirla, porque es una consistencia y porque *es* una absoluta e incuestionable *verdad*.

*4 de abril.*—El nuevo gas hace maravillas con las nuevas mejoras en la gutapercha. ¡Qué seguros, cómodos, manejables, y en todos los aspectos convenientes son nuestros globos modernos! Se está acercando uno inmenso a nosotros, a una velocidad por lo menos de ciento cincuenta millas por hora. Parece repleto de gente; tal vez tenga trescientos o cuatrocientos pasajeros, y sin embargo, se elevan a una altura aproximada de una milla, contemplándonos a nosotros con soberano desprecio. Aunque, después de todo, cien o incluso doscientas millas por hora no es mucha rapidez. ¿Recuerda usted nuestro vuelo en ferrocarril a través del continente del Kanadaw? Llevábamos una velocidad de treinta millas a la hora; *eso* era viajar. Aunque no se vio nada, excepto *flirteo*, fiesta y baile en los magníficos salones. ¿Recuerda usted también la extraña sensación experimentada al mirar por casualidad los objetos exteriores mientras el tren volaba? Cada una de las cosas parecía única, en una sola masa. En cuanto a mí, no puedo decir más que preferiría viajar en el tren lento de cien millas por hora. En este nos permitían tener cristales en las ventanillas, e incluso dejarlas abiertas, y a veces se podía tener «una magnífica vista de la región... Pundit dice que la *carretera* para el gran ferrocarril del Kanadaw debe de haber sido trazada hace unos novecientos años. En realidad, llega incluso a afirmar que hasta son visibles hoy día las huellas de un camino, las cuales se refieren a un período tan remoto como el mencionado. La carretera, por lo que se ve, era únicamente *doble*; las nuestras, usted lo sabe, tienen doce líneas, y otras tres o cuatro en preparación. Los antiguos raíles eran muy ligeros y estaban, colocados tan juntos que, de acuerdo con las ideas modernas, ofrecían poca seguridad y eran muy peligrosos. La anchura de vía actual, cincuenta pies, es considerada como el mínimo exigible de seguridad. Por mi parte, no dudo de que vías de esta clase tienen que haber existido en tiempos muy remotos, como afirma Pundit, ya que nada puede ser más claro para mi mente que el hecho de que en alguna época, no hace más de siete siglos seguramente, el norte y sur de los continentes de Kanadaw tenían que estar *unidos*; los kanawdienses, entonces, necesariamente tenían que tener un gran ferrocarril a lo largo del continente.

*5 de abril.*—Casi me siento devorado por el *ennui*[4]. Pundit es la única persona a bordo con la que se puede conversar; y él, pobre espíritu, solo puede hablar de antigüedades. Ha intentado durante todo el día convencerme de que los antiguos americanos se *gobernaban a sí mismos*. ¿Ha oído usted alguna vez una cosa tan absurda? Que vivían en una especie de confederación individual al estilo de los «perros de la pradera» que leímos en una fábula; Dice que partían de la idea más extraña que se puede concebir: es decir, que todos los hombres han nacido libres e iguales; esa era la verdadera esencia de la ley de graduación tan visiblemente impresa sobre todas las cosas del universo moral y físico. Todos los hombres «votaban», según llamaban ellos a intervenir en los asuntos públicos, hasta que finalmente descubrieron que los asuntos de todos no eran asuntos de nadie, y que la «República» (así llamaban a aquella cosa absurda) no tenía ningún gobierno. Se cuenta, sin embargo, que la Primera circunstancia que cambió muy singularmente la autocomplacencia de los filósofos, constructores de aquella república, fue el sorprendente descubrimiento de que el sufragio universal daba ocasión a fraudulentos planes, mediante los cuales cierto número necesario de votos, en cualquier momento, podían ser introducidos, sin posibilidad de prevención o de descubrimiento, por cualquier partido que fuese lo suficientemente indigno para atreverse a cometer un engaño. Una ligera reflexión sobre aquel descubrimiento sirvió para hacer evidentes las consecuencias: que la indignidad *debe* predominar, en una palabra; que el gobierno republicano no *sería* otra cosa que una vergüenza. Sin embargo, los filósofos, entre tanto, estaban ocupados en aver-

---

[4] Aburrimiento. (*N. del T.*)

gonzarse de su estupidez al no haber previsto aquellos males inevitables, e intentando inventar nuevas teorías; así, el asunto llegó a una abrupta solución dada por un personaje llamado *Mob*, quien cogió todas las cosas en sus manos y estableció un despotismo junto al que aquellos de los fabulosos Zeros y Hellofagabaluses eran respetables y placenteros. El tal Mob, un extranjero, hay que señalarlo, fue, según se dice, el más odioso de todos los hombres, que habían pisado la tierra. Tenía una estatura gigantesca, era insolente, rapaz, vil; poseía la bilis de un buey, con el corazón de una hiena y el cerebro de un pavo real; murió, finalmente, agotado por el derroche de sus energías. Sin embargo, fue útil, como todas las cosas, aunque vil, y pensó dar a la humanidad una lección que no es posible que hoy se olvide: no luchar nunca contra las afinidades naturales. En cuanto al republicanismo, ninguna afinidad podía encontrarse sobre la faz de la tierra, como no sea el caso de los «perros de las praderas», una excepción que, si es posible, permite demostrar que la democracia es una forma admirable de gobierno para los perros.

*6 de abril.*—Anoche tuvimos una maravillosa vista del Alfa Lyræ, cuyo disco, a través de los catalejos de nuestro capitán, abarca un ángulo de medio grado y se semeja mucho a lo que nuestro sol hace en un día de niebla. Alfa Lyræ, aunque mucho más grande que nuestro sol, hay que decirlo, se parece a él completamente en las manchas, en la atmósfera y en otros muchos detalles. Pundit me dijo que hasta el siglo pasado ni se tuvo sospecha de la relación binaria que existe entre las dos órbitas. El movimiento evidente de nuestro sistema celeste (es raro decirlo) tiene por referencia una órbita en torno a una estrella de la galaxia. En torno a esa estrella, o en torno al centro de gravedad común a todos los astros de la Vía Láctea, y suponiendo que estuviera cerca de Alción en las Pléyades, resultó que cada uno de estos astros giraba, exceptuando nuestro propio circuito, en un período de ciento diecisiete millones de años. *Nosotros*, con nuestras luces actuales, con nuestras grandes mejoras en telescopios, etc., es muy difícil que lleguemos a entender el *fundamento* de una idea tal. Su primer propagador fue un tal Mudler. Creemos que fue llevado hacia esta hipótesis extraña por la mera analogía desde el principio; pero, al hacer esto, debiera haber explicado al menos la analogía en su evolución. Una gran órbita central *fue* sugerida en realidad; así quedó conforme Mudler. Dicha órbita central, sin embargo, dinámicamente, hubiera sido mayor que todas las órbitas consideradas en conjunto; la cuestión habría sido entonces la siguiente: «¿por qué no la vemos?»; *nosotros*, especialmente, que ocupamos el centro de la región del conjunto, el verdadero lugar *cerca* del cual, al menos, ha de estar situado ese inconcebible sol central. El astrónomo, tal vez en esta cuestión, se basó en la sugerencia de una falta de luminosidad; y aquí, repentinamente, la analogía fallaba. Pero incluso admitiendo la órbita central como no luminosa, ¿qué hizo para explicar su fracaso en hacerla visible con las incalculables cantidades de soles, gloriosos que brillan en todas las direcciones en torno a ella? No hay duda de que al final afirmó que se trataba meramente de un centro de gravedad común a las órbitas en revolución; pero, con ello, vuelve a fallar la analogía. Nuestro sistema gira, ciertamente, en torno a un centro común de gravedad, pero lo hace en relación y consecuencia con un sol material cuya masa es la equilibradora del resto del sistema. El círculo matemático es una curva compuesta de infinitas líneas rectas; pero esta idea de círculo, esta idea a la cual, en relación con toda la geometría de la tierra, consideramos como puramente matemática, en contradicción a la idea práctica es, de hecho, el *único* concepto que prácticamente podemos sostener en cuanto a esos círculos titánicos, con los que estamos relacionados, al menos imaginariamente, cuando suponemos nuestro sistema con sus satélites dando vueltas en torno a un punto central de la galaxia! Dejemos a la más poderosa de las imaginaciones humanas el intentar aunque solo sea dar un simple paso hacia la comprensión de un circuito tan indescriptible. Sería un tanto paradójico el decir que un rayo de luz, viajando *siempre* sobre la circunferencia de ese indescriptible círculo, estaría *siempre* viajando en línea recta. Que ese camino de nuestro sol a lo largo de una tal circunferencia; que la dirección de nuestro sistema en semejante órbita, para cualquier percepción humana, se desviara levísimamente de una línea recta, incluso en un millón de años, es una proposición que no puede aceptarse; e incluso esos antiguos astrónomos estaban absolutamente engañados, según parace, al creer que una curvatura decisiva se había hecho posible durante el breve período de su historia astronómica, durante el simple punto, durante la completa friolera de dos o tres mil años. Qué incomprensible es que consideraciones como esas no les indicaran el estado verdadero de la cuestión. ¡El de esa revolución binaria de nuestro sol y de Alfa Lyræ en torno a un punto común de gravedad!

*7 de abril.*—También anoche continuaron nuestras diversiones en astronomía. Pudimos ver claramente los cinco asteroides de Neptuno y contemplamos muy interesados la terminación de una de las inmensas impostas sobre lo dos dinteles en el nuevo templo de Dafne en la luna. Es divertido pensar que unos seres tan pequeños como los habitantes de la luna, y que se parecen tan poco a los humanos, muestran, sin embargo, una ingeniosidad mecánica muy superior a la nuestra. También es difícil el imaginarse que las inmensas masas que manejan esas gentes con tanta comodidad sean tan ligeras como nuestra razón nos dice que son en realidad.

*8 de abril.*—¡Eureka! Pundit resplandece de alegría. Un globo procedente del Kanadaw nos ha hablado hoy, arrojándonos algunos de los últimos periódicos; contienen magníficas y curiosas informaciones sobre las antigüedades del Kanadaw, o mejor, de Americca. Usted sabrá que los obreros han dedicado algunos meses a preparar la tierra para una nueva fuente en el paraíso, el principal jardín de recreo del emperador. El paraíso, por lo visto, ha sido, *literalmente* hablando, una isla desde tiempos remotos; es decir, limitaba por el norte, hasta lo más remoto que uno puede recordar, con un riachuelo, o mejor, con un estrecho brazo de mar. Este brazo, gradualmente, fue ensanchándose hasta alcanzar una milla. La longitud de la isla son nueve millas; la anchura varía materialmente. Su área, según dice Pundit, hace unos ocho siglos, estuvo llena de casas, algunas de las cuales tenían veinte pisos: la tierra (por alguna razón inconcebible) era considerada especialmente valiosa en aquella vecindad. Sin embargo, el desastroso terremoto del año 2050 devastó tan enormemente aquella ciudad (porque era demasiado grande para ser llamada pueblo), que los más incansables de nuestros anticuarios no han sido capaces de conseguir el lugar y los datos suficientes (monedas, medallas o inscripciones) con los que poder reconstruir una teoría referente a las maneras, costumbres, etc., de los aborígenes habitantes. Casi todo lo que podemos recordar ahora sobre ellos es que eran una parte de los Knickerbocker, tribu de salvajes que llenaba el continente, al ser descubierto por Recorder Riker, un caballero del Vellocino de Oro. No eran, por cierto, incivilizados, sino que cultivaban varias artes o incluso ciencias al estilo de entonces. Se dice que eran muy perspicaces en muchos aspectos, pero que padecían la monomanía de construir lo que en el antiguo americano se llamaban «iglesias», una especie de pagoda para el culto de los dos ídolos que tenían los nombres de Riqueza y Moda. Al final, según se cuenta, la isla, en sus nueve décimas partes, estaba llena de iglesias. Las mujeres, según se dice también, estaban extrañamente deformadas por una protuberancia natural que hay precisamente en esa región que está debajo de su espalda, aunque lo más extraño era que todos consideraban esa deformidad como distintivo de belleza. Uno o dos retratos de esas extrañas mujeres, se han conservado milagrosamente. Parecen muy raras, *muchísimo...*; algo como entre el pavo y el dromedario.

Pues bien, estos pocos detalles es casi todo lo que ha llegado a nosotros sobre los antiguos Knickerbocker. Parece, no obstante, que mientras cavaban en el centro del jardín del emperador (que, según sabe usted, cubre toda la isla), algunos de aquellos obreros desenterraron un bloque de granito que pesaba alrededor de varios centenares de libras. Aparentemente estaba bien conservado y había sufrido pocos daños con el terremoto. En una de sus caras de mármol (no hago más que suponerlo) había una inscripción, *¡una inscripción... una inscripción legible!* Pundit está extasiado. Sobre el saliente de la placa apareció una cavidad que contenía una caja de plomo con varias monedas, un largo rollo con nombres, varios documentos que parecían periódicos y otros objetos de gran interés para los anticuarios. No era posible dudar de que todo aquello eran auténticas reliquias americcans de la tribu llamada Knickerbocker. Los papeles tirados sobre nuestro globo están llenos de facsímiles, de monedas, manuscritos, tipografía, etc. Copio, para su diversión, la inscripción Knickerbocker en la plancha de mármol:

```
╬╬╬╬╬╬╬╬╬╬╬╬╬╬╬╬╬╬╬╬╬╬╬╬╬╬╬╬╬╬╬╬

    Esta es la primera piedra de un monumento
               a la memoria de

           GEORGE WASHINGTON

       fue colocada con las oportunas ceremonias
                     en el

          DÍA 19 DE OCTUBRE DE 1847,

            aniversario de la rendición de
                  Lord Cornwallis
          al general Washington en Yorktown,
                   A. D. 1781,
              bajo los auspicios de la
         Asociación del monumento a Washington de la
               ciudad de Nueva York.

╬╬╬╬╬╬╬╬╬╬╬╬╬╬╬╬╬╬╬╬╬╬╬╬╬╬╬╬╬╬╬╬
```

Te la transcribo *verbatim*, según la traducción hecha por el mismo Pundit; por tanto, no *puede* haber error. De las pocas palabras conservadas hemos recogido varios párrafos importantes de información, y entre ellos no es el menos interesante el que se refiere al hecho de que hace miles de años los *actuales* monumentos habían caído en desuso, como era muy propio, y el pueblo se contentaba, según hacemos ahora, con una simple indicación de la intención de erigir un monumento en algún tiempo futuro. Se colocaba cuidadosamente una piedra «solitaria y sola» (perdóneme por citar al gran poeta americano Benton) como garantía de una magnánima *intención*. También hemos averiguado acerca de esa admirable inscripción el cómo, el dónde y el porqué de la gran rendición mencionada. En cuanto al *dónde*, fue en Yorktown (estuviera donde estuviera); y en cuanto al *porqué*, fue el general

Cornwallis (probablemente algún opulento comerciante). *Él* se rindió. La inscripción conmemora la rendición —¿de qué, por qué?— «de Lord Cornwallis». La única cuestión es lo que quisieron hacer los salvajes con el rendido. Pero cuando recordamos que eran indudablemente caníbales, llegamos a la conclusión de que intentaron hacerle salchichas. En cuanto al *cómo* de la rendición, ningún lenguaje podía ser más explícito. Lord Cornwallis se rindió (para servir de salchichas) «bajo los auspicios de la Asociación del monumento a Washington», que probablemente era una institución de caridad para amontonar grandes piedras. Pero, ¡bendito sea el cielo!, ¿qué es lo que pasa? Ah, ya veo: el globo se está deshinchando y caeremos al mar. Por tanto, solo tengo el tiempo suficiente para añadir que del rápido examen de los facsímiles de los periódicos, etc., he visto que los hombres más grandes en aquellos tiempos eran un tal John, forjador, y un tal Zacarías, sastre.

Adiós, hasta que nos volvamos a ver. El que usted reciba o no esta carta no tiene mucha importancia, porque escribo para divertirme. Meteré el manuscrito en una botella, y tapándola la tiraré al mar.

Suyo para siempre,

PUNDITA

# EL *COTTAGE* DE LANDOR*[1]

## Un complemento de «El dominio de Arnheim»

DURANTE una excursión a pie, que realicé el pasado verano a través de uno o dos de los condados ribereños de Nueva York, me encontré, al caer el día, un tanto desorientado acerca del camino que debía seguir. La tierra se ondulaba de un modo considerable y durante la última hora mi senda había dado vueltas y más vueltas de aquí para allá, tan confusamente en su esfuerzo por mantenerse dentro de los valles, que no tardé mucho en ignorar en qué dirección quedaba la bonita aldea de B..., donde había decidido pernoctar. El sol casi no había *brillado* durante el día en el más estricto sentido de la palabra, a pesar de lo cual había estado desagradablemente caluroso. Una niebla humeante, parecida a la del verano indio, envolvía todas las cosas y, desde luego, contribuía a mi incertidumbre. No es que me preocupara mucho por eso. Si no llegaba a la aldea antes de la puesta del sol o aun antes de que oscureciese, sería más que posible que surgiera por allí una pequeña granja holandesa o algo por el estilo,

---

* Título original: *Landor's Cottage. A Pendant to The Domain of Arnheim*. Primera publicación (edición de referencia): *Flag of Our Union*, 9 de junio de 1849.
[1] En Inglaterra, *cottage* significa casa de campo sencilla o casitas de los suburbios; en EE. UU., una casa de campo o quinta. (*N. del T.*)

aunque, de hecho, los alrededores estaban escasamente habitados, debido, quizá, a ser estos parajes más pintorescos que fértiles. De todos modos, con mi mochila por almohada y mi perro de centinela, vivaquear al aire libre era en realidad algo que debería divertirme. Seguí, por tanto, caminando a mis anchas, haciéndose *Ponto* cargo de mi escopeta, hasta que, finalmente, en el momento que yo había empezado a considerar si los pequeños senderos que se abrían aquí y allí eran auténticos senderos, uno de ellos, que parecía el más prometedor, me condujo a un verdadero camino de carros. No podía haber equivocación. Las ligeras huellas de ruedas eran evidentes, y aunque los altos arbustos y la maleza excesivamente crecida se entrecruzaban formando una maraña elevada, no había obstrucción alguna por abajo, incluso para el paso de una galera de Virginia, que es el vehículo con más aspiraciones de todos cuantos conozco de su clase. Sin embargo, la carretera, excepto en lo de estar trazada a través del bosque si esta no es una palabra demasiado importante para tan pequeña agrupación de árboles y excepto en los detalles de evidentes huellas de ruedas, no guardaba la menor relación con todas las carreteras que yo había visto hasta entonces. Las huellas de las que hablo no eran sino débilmente perceptibles, habiendo sido impresas sobre la superficie firme, pero desagradablemente mojada, que era más parecida al verde terciopelo de Génova que a ninguna otra cosa. Naturalmente, era césped, pero un césped que raras veces vemos en Inglaterra tan corto, tan espeso, tan nivelado y tan vivo de color. En aquella vía de ruedas no existía ni un solo obstáculo, ¡ni siquiera una piedra o una ramita seca! Las piedras que una vez obstruyeron el camino habían sido cuidadosamente *colocadas*, no tiradas a lo largo de las cunetas, sino puestas alrededor como para señalar sus límites, con una clase de definición medio precisa, medio negligente y totalmente pintoresca. Por todas partes crecían grupos de flores entre las piedras con una gran exuberancia.

Desde luego, yo no sabía qué sacar de todo aquello. Sin duda alguna era *arte*, lo que no me sorprendía, pues todas las carreteras son obras de arte en el sentido corriente de la palabra. No puedo decir que hubiera mucho para maravillarse en el simple *exceso* de arte manifestado; todo parecía haber sido hecho con «recursos naturales», tal como se dice en los libros de *jardinería del paisaje*, con muy poco trabajo y gasto. No eran la cantidad del arte, sino su *carácter*, lo que me indujo a tomar asiento sobre una de las floridas piedras y mirar de arriba abajo aquella avenida que parecía de hadas, durante media hora o más, con maravillosa admiración. Cualquier cosa se iba haciendo más y más evidente conforme la miraba: aquellos arreglos deberían haber sido dirigidos por un artista, y uno de gusto muy exigente para las formas. Se intentó conservar un equilibrio entre lo delicado y gracioso, por una parte, y lo *pittoresco*, en el verdadero sentido del término italiano, por la otra. Había pocas líneas rectas y pocas de estas continuas. El mismo efecto de curvatura o de color aparecía repetido en general dos veces, pero no aparecía con más frecuencia, desde ningún punto de vista. Por todas partes había variedad en la uniformidad. Era una pieza de «composición» a la que el gusto del crítico más exigente apenas hubiera podido sugerir la más pequeña enmienda.

Cuando entré por aquella carretera había torcido a la derecha y ahora, al levantarme, continué en la misma dirección. La senda era tan sinuosa que en ningún momento, desde luego, podía andar más de dos o tres pasos en línea recta. Su carácter no experimentaba ningún cambio material.

De forma repentina, el murmullo del agua se oyó suavemente y algunos momentos después, cuando el camino torcía de forma algo más brusca que la de antes, divisé un edificio de cierta categoría que se alzaba al pie del suave declive, precisamente delante de mí. No podía ver nada claramente a causa de la niebla que ocupaba todo el pequeño valle que se hallaba a mis pies. Sin embargo, ahora que el sol iba a ponerse, se levantaba una suave brisa, y mientras permanecía de pie sobre la cima de la ladera, la niebla se iba disipando gradualmente en espirales y de ese modo flotaba sobre el paisaje.

Cuando el escenario fue haciéndose más visible, de forma gradual como lo describo, parte por parte, aquí un árbol, allí un resplandor de agua y aquí de nuevo el final de una chimenea, no pude menos de imaginar que todo no era sino una de esas ilusiones ingeniosas que algunas veces se exhiben bajo el nombre de «cuadros desvanecientes».

Sin embargo, durante ese tiempo la niebla había desaparecido totalmente, el sol se había ocultado detrás de las suaves colinas y desde allí, como con un ligero paso hacia el sur, se había vuelto a hacer visible, brillando con reflejos purpúreos a través de una hondonada, por la que se penetraba al valle del Oeste. De repente, y como por arte de magia, todo el valle y todo lo que en él había se hizo visible.

La primera ojeada, mientras el sol se deslizaba en la posición descrita, me impresionó mucho más de lo que me hubiera impresionado, siendo colegial, el final de una buena representación de teatro o melodrama. Ni siquiera se echaba de menos la monstruosidad de color, pues la luz del sol salía a través de la hondonada, coloreada por completo de anaranjado y púrpura, mientras el vivo verde del césped del valle era reflejado más o menos sobre los objetos, desde la cortina de vapor que aún colgaba por encima, como si le costase trabajo abandonar la escena de tan encantadora belleza.

El pequeño valle que yo curioseaba a mis pies desde aquel dosel de niebla, puede que no tuviera más de cuatrocientas yardas de longitud, mientras que su ancho variaba de cincuenta a ciento cincuenta, o tal vez doscientas yardas. Era más estrecho en su extremo norte, abriéndose conforme se acercaba hacia el sur, aunque con regularidad no muy precisa. La parte más ancha estaba, a unas ochenta yardas del extremo sur. Las laderas que cerraban el valle no podían llamarse propiamente colinas, al menos en su cara norte. Aquí se elevaba un precipicio de granito escarpado con una altura de unos noventa pies y, como ya he dicho, el valle en este punto no tenía más de cincuenta pies de ancho. A medida que el visitante avanzaba hacia el sur desde el acantilado, encontraba a derecha e izquierda declives de menos altura, menos escarpados y menos rocosos. En una palabra, todo se inclinaba y se suavizaba hacia el sur, y a pesar de ello el valle estaba rodeado por eminencias más o menos altas, excepto en dos puntos. De uno ya he hablado. Se encontraba considerablemente al noroeste y estaba allí donde el sol poniente se abría camino, como ya lo he descrito, en el anfiteatro a través de una grieta natural lisamente trazada en el terraplén de granito; esta grieta tendría diez yardas por su parte más ancha, hasta donde el ojo era capaz de ver. Parecía llevar hacia arriba, como una calzada natural, a los recónditos lugares de inexploradas montañas y bosques. La otra abertura estaba situada directamente en el otro extremo sur del valle. Allí, por regla general, las pendientes no eran sino suaves inclinaciones que se extendían de este a oeste en unas ciento cincuenta yardas, aproximadamente. En medio de esta extensión había una depresión al nivel corriente del suelo del valle. En cuanto a la vegetación, así como a todo lo demás, la escena se *suavizaba* y *ondulaba* hacia el sur. Hacia el norte, y sobre el precipicio escarpado, se alzaban a algunos pasos del borde magníficos troncos de numerosos nogales americanos, nogales negros y castaños entremezclados con algún otro roble. Las fuertes ramas laterales de los castaños, especialmente, sobresalían en mucho sobre el borde del acantilado. Continuando su marcha hacia el sur, el viajero veía al principio la misma clase de árboles, pero cada vez menos elevados. Luego veía el olmo apacible, seguido por el sasafrás; el algarrobo y el curbaril, y estos a su vez por el tilo, el ciclamor, la catalpa y el arce, y estos de nuevo por otras variedades más graciosas y modestas. Toda la cara del declive sur estaba cubierta solo de arbustos salvajes, con excepción de algún sauce plateado o álamo blanco. En el fondo del mismo valle (pues debe recordarse que la vegetación mencionada hasta ahora solo crecía en los precipicios o laderas de los montes) podían verse tres árboles aislados. Uno era un olmo de hermoso tamaño y exquisita forma que se alzaba como si guardase la entrada sur del valle. Otro era un nogal americano, mucho mayor que el anterior y en su conjunto mucho más hermoso, aunque ambos eran muy bellos. Este parecía tener a su cargo la entrada noroeste, brotando de un montón de rocas en la misma embocadura del precipicio y proyectando su graciosa figura en un ángulo de casi cuarenta y cinco grados, a lo lejos, sobre el iluminado anfiteatro. Casi a unas treinta yardas al este de dicho árbol se levantaba el orgullo del valle, y por encima de toda discusión, el árbol más magnífico que yo he visto jamás, salvo, tal vez, entre los cipreses de Itchiatuckanee. Era un tulípero de triple tronco, el *Liriodendron Tulipiferum*, perteneciente a la familia de las magnolias. Los tres troncos estaban separados del padre unos tres pies del suelo, aproximadamente, y se apartaban muy suave y gradualmente, apenas distando entre ellos cuatro pies de donde el tronco más ancho extendía su follaje; esto ocurría a una altura de unos ochenta pies. La altura del tronco principal era de ciento veinticinco. Nada hay que supere en belleza a la forma y el color verde brillante de las hojas del tulípero. En el ejemplar al que me refiero tenían muy bien ocho pies de anchura, pero su gloria estaba completamente eclipsada por el magnífico esplendor de su profusa floración. ¡Imaginad, congregados en un denso ramillete, un millón de tulipanes de los más grandes y espléndidos! Solo así puede el lector hacerse una idea del cuadro que intento describir; y luego, la gracia firme de los lisos troncos, finamente pulidos como columnas, el más ancho de los cuales medía cuatro pies de diámetro, a veinte del suelo. Las innumerables florescencias, mezclándose con las de los otros árboles de parecida belleza, aunque infinitamente de menor majestad, llenaban el valle de aromas más agradables que los perfumes de Arabia.

El suelo del anfiteatro tenía un *césped* de la misma clase que el de la carretera y aún más deliciosamente suave, espeso, aterciopelado y de un verde milagroso. Era difícil de concebir cómo se había logrado toda esa belleza.

He hablado de las dos aberturas que tenía el valle. En una de ellas, la situada al noroeste, fluía un riachuelo que, con un murmullo suave y espumoso, llegaba hasta estrellarse contra el grupo de rocas sobre las que brotaba el nogal americano. Allí, después de rodear el árbol, pasaba un poco hacia el nordeste, dejando el tulípero a unos veinte pies. Hacia el sur y no sufriendo otra alteración en su curso hasta que se aproximaba al centro entre los límites orientales y occidentales del valle. En este punto, después de una serie de revueltas, doblaba en ángulo recto y proseguía generalmente en dirección sur, serpenteando en su cauce hasta llegar a perderse en un pequeño lago de forma irregular (aunque ásperamente ovalado) que se extendía resplandeciente cerca de la extremidad inferior del valle. Este pequeño lago tenía tal vez cien yardas de diámetro en su parte más ancha. Ningún cristal podía ser más claro que sus aguas. Su fondo, que podía verse con claridad, estaba formado todo él de guijarros de un blanco brillante. Sus orillas, de césped esmeralda, ya descritas, *redondeadas* más bien que cortadas, se hundían en el claro cielo de debajo, y tan claro era este y tan perfectamente reflejaba a veces los objetos que estaban por encima, que era un punto difícil de determinar dónde acababa la orilla verdadera y dónde comenzaba su reflejo. Las truchas y otras variedades de peces, de las que aquella laguna parecía estar incomprensiblemente repleta, tenían toda la apariencia de auténticos peces voladores. Resultaba casi imposible de creer que no estaban suspendidos del aire. Una ligera canoa de corteza de abedul que descansaba plácidamente sobre el agua, era reflejada hasta en sus más minuciosas fibras con una fidelidad superior al espejo más pulido. Una pequeña isla, que reía bellamente con flores en todo su apogeo y que ofrecía muy poco más espacio que el justo para sostener alguna pequeña y pintoresca edificación, como una casita de patos, se levantaba sobre la superficie del lago, no muy lejos de la orilla norte, a la cual estaba unida por medio de un puente inconcebiblemente ligero y rústico. Estaba formado por una tabla única, ancha y gruesa, de madera de tulípero que medía cuarenta pies de larga y que salvaba el espacio comprendido entre orilla y orilla con un ligero, como perceptible arco que prevenía toda oscilación. Del extremo sur del lago salía una prolongación del arroyo que después de serpentear tal vez treinta yardas, pasaba, finalmente, a través de la «depresión» (ya descrita) en medio de la pendiente sur, y lanzándose por un abrupto precipicio de cien pies, seguía su áspera y desconocida ruta hacia el Hudson.

El lago era profundo en algunos puntos, treinta pies, pero el arroyo raras veces excedía de tres, mientras su anchura mayor era casi de ocho. El fondo y las orillas eran semejantes a las del lago, y si se les debiera atribuir algún defecto, de acuerdo con su pintoresquismo, sería el de su excesiva *pulcritud*.

La extensión del verde césped estaba suavizada aquí y allí por algún bonito arbusto, tal como la hortensia, la comúnmente bola de nieve o la aromática lila; o más frecuentemente por un macizo de geranios floreciendo magníficos en grandes variedades. Estos últimos crecían en tiestos que estaban cuidadosamente enterrados en el suelo, como para dar a las plantas la apariencia de ser naturales. Además de esto, el terciopelo del césped estaba exquisitamente moteado por un rebaño considerable que pastaba por el valle en compañía de tres gamos domesticados y un gran número de patos de brillantes plumas. Un mastín enorme parecía estar vigilando a cada uno de aquellos animales.

A lo largo de las colinas de la parte este y oeste, hacia la parte superior del anfiteatro, donde eran más o menos escarpados los linderos, crecía una gran profusión de brillante hierba de modo que solo de tarde en tarde se podía descubrir algún sitio de la roca que hubiera quedado desnuda. El precipicio norte estaba del mismo modo enteramente cubierto de viñas de rara exuberancia; algunas brotaban en la base del acantilado y otras sobre los bordes de sus paredes laterales.

La ligera elevación que formaba el límite más bajo de esta pequeña posesión estaba coronada por un muro de piedra uniforme, de altura suficiente como para prevenir que escaparan los gamos. Por ningún lado se veía algo que pudiera ser un vallado; es que en realidad no era en modo alguno necesario, pues si, por ejemplo, llegaba a extraviarse alguna oveja que hubiese intentado salir del valle por medio del precipicio, después de unas cuantas yardas, habría encontrado interrumpido su caminar por el borde de la roca, sobre el cual se precipitaba la cascada que había atraído mi atención cuando por vez primera me acerqué a la finca. En resumen: las únicas entradas o salidas solo eran posibles a través de una verja que ocupaba un paso rocoso en la carretera a algunas yardas por debajo del lugar donde yo me había detenido para contemplar el paisaje.

He descrito el arroyo que serpenteaba de modo muy irregular a lo largo de su curso. Sus dos direcciones *principales* eran, como dije, primero de oeste a este y luego de norte a sur. En la *revuelta*, la corriente, retrocediendo en su marcha, describía una *curva* casi circular, de forma como de península o tal vez como una isla, y que incluía en su interior una extensión de la sexta parte de un acre. Sobre esta península se asentaba una casa, y cuando vi que esta casa, como la terraza infernal vista por Vathek, *était d'une architecture inconnue dans les annales de la terre*[2], quiero decir simplemente que todo su conjunto me impresionó con el más agudo sentido de una combinación de novedad y de propiedad de poesía, en una palabra (en el término más abstracto y riguroso), y *no* es mi intención indicar que el *outré* fuera tomado en cuenta en algún momento.

De hecho, nada podría ser más sencillo, ni más completamente carente de ambición, que aquel *cottage*. Su maravilloso *efecto* radicaba principalmente en la artística disposición, como la de un *cuadro*. Mientras la miraba, podía haber imaginado que algún eminente paisajista la había creado con su pincel.

El sitio desde el cual vi el valle por vez primera no era por completo, aunque no faltara mucho para ello, el mejor punto desde el cual se pudiera contemplar la casa. Por tanto, la describiré como la vi más tarde, colocándome sobre las piedras en el extremo sur del anfiteatro.

El edificio principal tenía cerca de veinticuatro pies de largo y dieciséis de ancho. Su altura total, desde el suelo a la cúspide del tejado, no debería exceder de dieciocho pies. Al extremo oeste de esta estructura se le unía otra un tercio más pequeña en todas sus proporciones; la línea de su fachada re-

---

[2] «Era de una arquitectura desconocida en los anales de la tierra.» (*N. del T.*)

trocedía cerca de dos yardas en relación con la casa mayor, y la línea del tejado era también considerablemente más baja que el tejado de su compañera. A la derecha de este edificio, y detrás del principal no exactamente en medio, se extendía una tercera edificación, muy pequeña, y en general un tercio inferior que la situada en el ala oeste. Los tejados de las dos casas mayores eran muy empinados, descendiendo desde la cima con una larga curva cóncava y extendiéndose, por último, cuatro pies más allá de las paredes de la fachada, como para cubrir los tejados de dos galerías. Estos últimos no necesitaban soportes, desde luego, pero como tenían el *aire* de necesitarlos, unos ligeros y bien pulidos pilares se habían insertado solo en las esquinas. El tejado del ala norte era simple prolongación de una parte del tejado principal. Entre el edificio principal y el ala oeste se alzaba una chimenea muy alta y esbelta de consistentes ladrillos holandeses que se alternaban en rojo y en negro; una ligera cornisa que sobresalía remataba el tejado. Los tejados se proyectaban mucho sobre los caballetes, haciéndolo en el edificio principal como cuatro pies al este y como dos al oeste. La puerta principal no estaba precisamente en el centro de la edificación principal, sino un poco hacia el este, mientras las dos ventanas quedaban al oeste. Estas no bajaban al terreno, sino que, mucho más largas y estrechas que las corrientes, tenían hojas únicas, como las puertas, y cristales con forma de rombos, pero muy anchos. La puerta era de cristal en su medio panel superior, también en forma de rombos, y con una hoja movible, que se aseguraba por la noche. La puerta del ala oeste estaba en esta pared y era muy sencilla, con una única ventana que miraba hacia el sur. El ala norte no tenía puerta exterior, y solo una ventana orientada hacia el este.

El muro de sujeción del caballete oriental estaba realzado por una escalera de balaustrada que la cruzaba en diagonal.

Bajo el tejado del amplio alero, esta escalera daba acceso a una puerta que conducía a la buhardilla, o mejor, al desván, pues este se iluminaba únicamente por la luz de una ventana orientada al norte y parecía haber sido ideado como almacén.

Las galerías del edificio principal y del ala oeste no tenían el suelo que acostumbran tener, pero ante las puertas y ventanas, anchas losas de granito de forma irregular, quedaban encajadas en el delicioso césped, proporcionando en cualquier tiempo un confortable pavimento. Excelentes senderos del mismo material, no ajustado, sino dejando que el césped aterciopelado llenara los frecuentes espacios entre las piedras, llevaban aquí y allá, desde la casa, a un manantial cristalino que manaba a muy pocos pasos, a la carretera o a uno de los dos pabellones que se extendían al norte, más allá del arroyo y completamente tapados por algunos algarrobos y catalpas.

A menos de seis pasos de la entrada principal de la casa se levantaba el tronco muerto de un fantástico peral, tan recubierto de pies a cabeza por espléndidas flores de bignonia que uno precisaba una gran atención para determinar qué clase de objeto podía ser aquello. De diversas ramas de este árbol colgaban jaulas de clases diferentes. En una de ellas, un sinsonte se removía con gran algazara en un gran cilindro de mimbre con una anilla en su parte superior; en otra, una oropéndola, y en una tercera, el descarado gorrión de los arrozales, mientras que tres o cuatro más delicadas prisiones estaban ocupadas por canarios de elevado canto.

Los pilares de las galerías estaban enguirnaldados con jazmines y madreselvas, mientras que enfrente del ángulo formado por la estructura principal y su ala oeste brotaba una parra de exuberancia sin igual. Desafiando toda limitación, había trepado primero al tejado más bajo, luego al más elevado, y después, a lo largo del alero de este último, seguía retorciéndose, proyectando zarcillos a derecha e izquierda, hasta alcanzar, por último, el caballete del este y caer rastreando por las escaleras.

Toda la casa, con sus alas, fue construida con arreglo a la vieja moda holandesa de ancho entablado y bordes sin redondear. La particularidad de este material es dar a las casas construidas con él todo el aspecto de ser más anchas en la base que en la parte superior como en la arquitectura egipcia, y en el caso presente, aquel efecto, extraordinariamente pintoresco, se basaba en los numerosos tiestos de magníficas flores que casi circundaban la base de los edificios.

El entablado estaba pintado de gris oscuro y un artista puede fácilmente imaginar el magnífico efecto que este tono neutro producía, mezclado con el vivo verde de las hojas de los tulíperos que parcialmente sombreaban el *cottage*.

Desde una posición cercana a la valla de piedra, tal como he descrito, se podían ver con gran facilidad los edificios, pues el ángulo sudeste avanzaba hacia delante y la vista podía abarcar enseguida el conjunto de las dos fachadas, junto con el pintoresco caballete del este y, al mismo tiempo, tenía una vista suficiente del ala norte, con retazos del bonito tejado del invernadero y casi la mitad de un puentecillo, puente que se arqueaba sobre el arroyo en las cercanías de los edificios principales.

No permanecí mucho tiempo en la cumbre de la colina, aunque sí el suficiente como para hacer una concienzuda recopilación del escenario que tenía a mis pies. Era evidente que me había apartado de la carretera de la aldea, y así tenía una buena disculpa de viajero para abrir la verja que estaba ante mí y preguntar el camino, lo cual hice sin la menor vacilación.

La carretera, después de cruzar la puerta, quedaba sobre un reborde natural que descendía gradualmente por la cara de los acantilados del nordeste. Me llevó al pie del precipicio norte, y de allí, después de cruzar el puente y rodear el caballete norte, a la puerta de la fachada. Mientras avanzaba pude darme cuenta de que no se podían ver los pabellones.

Cuando doblé la esquina del caballete, un mastín saltó hacia mí silenciosamente, pero con la vista y todo el aire de un tigre. Sin embargo, le alargué mi mano en señal de amistad pues no he conocido perro alguno que se mostrase reacio a una llamada a su cortesía y no solo cerró su boca y meneó su cola, sino que me ofreció de verdad su pata, extendiendo después sus muestras de civilidad a *Ponto*.

No se veía ninguna campanilla y golpeé con mi bastón la puerta, que estaba entornada. Instantáneamente, la figura más bien delgada o ligera y de estatura superior a la media, de una joven de unos veintiocho años, avanzó hacia el umbral. Cuando se acercaba, con cierta *humilde decisión*, con su paso del todo indescriptible, me dije a mí mismo: «Con seguridad he encontrado aquí la perfección de lo natural, en contraposición a la *gracia* artificial». La segunda impresión que me causó, y la más viva de las dos, fue la del *entusiasmo*. Una impresión de romanticismo o tal vez de espiritualidad, tan intensa como aquella que brillaba en sus profundos ojos, jamás se había hundido en el fondo de mi corazón de aquel modo. No sé cómo fue, pero esa peculiar expresión de ojos, que a veces se refleja en los labios, es el atractivo más enérgico, sino el único, que despierta mi mayor interés hacia una mujer. «Romanticismo», hará comprender a mis lectores, lo que quiero decir con la palabra. Romanticismo y feminidad son para mí términos sinónimos, y después de todo, lo que un hombre *ama* en la mujer es simplemente su *feminidad*. Los ojos de Annie (yo oí a alguien que desde el interior le llamaba «Annie querida...») eran de un «gris espiritual»; su cabello, castaño claro; esto fue todo lo que tuve tiempo de observar en ella.

Atendiendo su cortés invitación, entré, pasando primero a un vestíbulo muy espacioso. Habiendo ido allí principalmente para *observar*, me fijé que a la derecha, al entrar, había una ventana semejante a las de la fachada de la casa; que a la izquierda, una puerta conducía a la habitación principal, mientras enfrente de mí una puerta *abierta* me permitía ver un pequeño apartamiento, precisamente del tamaño del vestíbulo, arreglado como estudio y con una ancha ventana saliente que daba al norte.

Pasando al saloncito me encontré con Mr. Landor, pues este, como supe después, era su nombre. Era un hombre educado y cordial en su modo de reír; pero precisamente entonces estaba yo más interesado en observar el decorado de la casa que tanto me había atraído, que no presté atención a sus ocupantes.

El ala norte, como vi entonces, tenía un dormitorio cuya puerta comunicaba con el saloncito. Al oeste de esta puerta se veía una ventana que daba al arroyo. En el extremo oeste del saloncito había una chimenea y una puerta que conducía al ala oeste, probablemente a la cocina.

Nada podía ser más rigurosamente simple que el mobiliario del saloncito. En el suelo una alfombra de nudo de excelente tejido, con fondo blanco salpicado de pequeñas figuras circulares verdes. En las ventanas había cortinas de muselina de inmaculada blancura, de anchura aceptable y que colgaban formando pliegues rectos y paralelos hasta el *suelo*. Las paredes estaban empapeladas con papel francés de gran delicadeza: fondo plateado con listas de color verde pálido, corriendo en zigzag de un lado a otro. Sobre él solo había tres exquisitas litografías de Julien, *a tres colores*, colgadas de la pared, sin marcos. Uno de los cuadros representaba una escena de lujo oriental, llena de voluptuosidad; la otra era una escena de carnaval, de una fuerza incomparable; la tercera, una cabeza de mujer griega, un rostro tan divinamente hermoso y, sin embargo, con una expresión de inconstancia tan provocativa como jamás mis ojos habían visto hasta entonces.

Los muebles más importantes consistían en una mesa redonda, unas cuantas sillas (incluyendo una mecedora) y un sofá o mejor canapé de madera de arce lisa pintada de un tono blanco crema, ligeramente ribeteado de verde, con asiento de enea. Las sillas y la mesa hacían juego. No cabía duda de que todo había sido designado por el mismo cerebro que planeó los terrenos; de otro modo sería imposible concebir algo tan delicado.

Sobre la mesa había unos cuantos libros, una botella de cristal ancha y cuadrada de algún perfume nuevo, una lámpara de cristal esmerilado (no solar) con una pantalla de estilo italiano y un gran vaso repleto de espléndidas flores. Estas, de magníficos colores y suave aroma, constituían en verdad la única decoración de la estancia. La repisa de la chimenea estaba enteramente repleta con un florero de geranios. Sobre una estantería triangular en cada ángulo de la habitación se veían vasos semejantes que solo variaban en su bello contenido. Uno o dos pequeños *bouquets*, adornaban el mantel y tardías violetas se apretaban en las ventanas abiertas.

El propósito de este trabajo no ha sido sino el de dar con detalle una descripción de la residencia de Mr. Landor, *tal y como yo la encontré*. Cómo la creó, tal como era, y por qué, con algunas particularidades del propio Mr. Landor, podría ser, *posiblemente*, el objetivo de otro relato.

# HOP-FROG*

NUNCA conocí a nadie tan aficionado a las bromas como lo era el rey. Parecía vivir solo para ellas. Contar alguna buena historia que tuviera gracia, y contarla bien, era el medio más seguro de obtener su favor. Sucedía, pues, que sus siete ministros destacaban por sus conocimientos en esta materia. Todos también se parecían por su gran estatura, corpulencia y gordura grasienta, tal como son los guasones incorregibles. Nunca he podido averiguar si la gente engorda por sus bromas, o si es que su misma gordura la predispone a ellas; pero lo cierto es que un bromista delgado es una *rara avis in terris*.

En cuanto a los refinamientos, o como ellos los llamaban, «fantasmas del ingenio», el rey los prestaba muy poca atención. Sentía una especial admiración por las bromas *ruidosas*, y solía llevarlas hasta el *fin* únicamente por amor a ellas. Le aburrían las delicadezas. Prefería el *Gargantúa* de Rabelais al *Zadig* de Voltaire, y, sobre todo, las bromas prácticas se ajustaban a su gusto mejor que las palabras.

En la fecha de mi narración no habían pasado del todo de moda en la corte los bufones profesionales. Varias de las

---

* Título original: *Hop-Frog*. Primera publicación: *Flag of Our Union*, 17 de marzo de 1849 (se publica con el título: *Hop-Frog, or the Eight Chained Orang-Outangs*). Edición de referencia: *The Works of the Late Edgard Allan Poe* (1850-56).

más grandes potencias continentales conservaban aún sus «locos», que llevaban vestidos con gorros y cascabeles, y que debían estar siempre preparados para lanzar frases agudas en compensación a las migajas que caían de la mesa de su amo.

*Nuestro* rey, como era natural, conservaba su bufón. El hecho es que necesitaba algo de su tontería para compensar la profunda sabiduría de sus siete inteligentes ministros, sin contar la suya propia.

Su loco o bufón profesional, sin embargo, no *solo era* un loco. Su valor se hallaba triplicado a los ojos del rey por el hecho de ser enano y cojitranco. Los enanos eran tan frecuentes en las cortes como los bufones, y muchos monarcas hubieran soportado difícilmente los días (días que son más largos en la corte que en cualquier otra parte) sin tener a su lado un bufón *para* reírse con él, y un enano *para* reírse de él. Pero, como ya he observado, en el noventa y nueve por ciento de los casos son gordos, rechonchos y pesados y, por consiguiente, para nuestro rey era un motivo no pequeño de orgullo personal que en la persona de Hop-Frog[1] (tal era el nombre del tonto) poseía un tesoro triplicado.

El nombre de «Hop-Frog» no era el que le habían dado sus padrinos en el bautismo, sino que le fue conferido por general acuerdo de los ministros, debido a su imposibilidad de caminar como los demás hombres. De hecho, Hop-Frog solo podía avanzar con una especie de paso llamémosle interjeccional; algo entre el salto y la reptación; un movimiento que producía al rey gran regocijo, y desde luego un consuelo, pues a pesar de la protuberancia de su panza y de una hinchazón constitucional de la cabeza, el rey era considerado por toda su corte como un tipo magnífico.

---

[1] *Hop*, saltar, y *Frog*, rana. (*N. del T.*)

Pero aunque Hop-Frog, debido a la distorsión de sus piernas, solo podía moverse con gran esfuerzo y dificultad por un camino o un pavimento, la fuerza muscular prodigiosa que la naturaleza parecía haber prodigado en sus brazos, como compensación por la deficiencia de sus extremidades inferiores, le facilitaba llevar a cabo muchos ejercicios de maravillosa destreza, cuando se trataba de árboles, cuerdas o cualquier otra cosa por donde se pudiera trepar. En tales ejercicios, él, con seguridad, más parecía una ardilla o un pequeño mono que una rana.

No podría decir con precisión de qué país procedía Hop-Frog. Sin embargo, se trataba de una bárbara región de la que nadie había oído hablar, y muy alejada de la corte de nuestro rey. Hop-Frog y una joven muy poco menos enana que él (aunque de exquisitas proporciones y maravillosa bailarina), habían sido sacados por la fuerza de sus respectivos hogares, situados en provincias contiguas, y enviados como presentes al rey por uno de sus siempre victoriosos generales.

Dadas tales circunstancias, no es de extrañar que hubiese surgido una estrecha intimidad entre los dos cautivos. En realidad, pronto llegaron a ser entrañables amigos. Hop-Frog, que a pesar de sus bromas era más bien impopular, no tenía a su alcance el prestar a Trippetta muchos servicios; pero ella era universalmente admirada y mimada, debido a su gracia y exquisita belleza (aunque fuera enana), y gozaba de una gran influencia que nunca dejaba de usarla siempre que podía en beneficio de Hop-Frog.

En una gran solemnidad —ya olvidé cuál—, el rey determinó organizar un baile de máscaras, y siempre que se celebraba un baile de máscaras o una fiesta por el estilo en la corte, con toda seguridad se recurría a los talentos de Hop-Frog y de Trippetta. Hop-Frog, en especial, poseía tal inventiva en el modo de organizar espectáculos, sugiriendo nuevos personajes, y de diseñar trajes para bailes de máscaras, que no se hacía nada al parecer sin contar con él.

Había llegado la noche señalada para la fiesta. Se había decorado un magnífico salón bajo la dirección de Trippetta, con toda clase de invenciones posibles para prestar *éclat* al baile de máscaras. Toda la corte ardía en una fiebre de expectación. En cuanto a los trajes y caracterizaciones, puede suponerse que todo el mundo había hecho ya su elección. Muchos lo habían decidido con una semana o con un mes de antelación, y en realidad no existía la menor indecisión en ningún participante, excepto en el caso del rey y sus siete ministros. No podría decir cuál fue el motivo de su vacilación, a menos que se debiera a su gusto por las bromas. Lo más probable es que la dificultad de decidirse se debiera a su gordura. Pero de todos modos el tiempo volaba, y como último recurso mandaron llamar a Trippetta y Hop-Frog.

Cuando los dos amiguitos acudieron al llamamiento del rey, lo encontraron bebiendo en compañía de los siete miembros de su consejo de ministros; pero el monarca parecía estar de muy mal humor. Él sabía que a Hop-Frog no le gustaba el vino, pues excitaba al pobre cojitranco hasta la locura, y la locura no es un agradable sentimiento. Pero al rey le gustaban las bromas prácticas, y se complacía en forzar a beber a Hop-Frog para que, como él decía, «se pusiera alegre».

—Ven aquí, Hop-Frog —le dijo cuando el bufón y su amiguita entraron en la habitación—, bebe este vaso a la salud de tus amigos ausentes —al oír aquello Hop-Frog, suspiró—; y luego concédenos el beneficio de tu inventiva. Queremos *caracterizaciones*, disfraces, algo nuevo y fuera de lo corriente. Estamos cansados de tanta rutina. ¡Vamos, bebe! El vino avivará tu ingenio.

Hop-Frog se esforzó, como de costumbre, en hacer alguna broma a los requerimientos del rey, pero el esfuerzo fue inútil. Resultaba que aquel día era el cumpleaños del pobre infeliz, y la orden de «beber por sus amigos» le hizo saltar las lágrimas. Muchas lágrimas amargas cayeron sobre la copa cuando la tomó de manos del tirano.

—¡Ja, ja, ja! —rugió el rey, mientras el enano vaciaba con repugnancia el contenido—. ¡Observa lo que puede hacer un vaso de buen vino! ¡Pero tus ojos están brillando ya!

¡Pobre diablo! Los grandes ojos del bufón *ardían* más que brillaban, pues los efectos del vino en su excitable cerebro no eran más poderosos que instantáneos. Colocó el vaso nerviosamente sobre la mesa y miró en derredor a todos los presentes con una fijeza semidemencial. Todos ellos parecían muy divertidos con la «broma» del rey.

—Y ahora, a tu trabajo —dijo el primer ministro, hombre *muy* gordo.

—Sí —dijo el rey—; vamos, Hop-Frog; préstanos tu ayuda. Disfraces, querido amigo; necesitamos disfraces todos nosotros, ¡ja, ja, ja!

Y como aquello significaba una broma, su risa fue coreada por los siete.

Hop-Frog también rió, aunque débilmente, un tanto ensimismado.

—Vamos, vamos —dijo el rey impacientemente—. ¿No se te ocurre nada?

—Estoy intentando pensar algo *nuevo* —contestó el enano abstraído, pues estaba completamente atontado por el vino.

—¿Intentando? —gritó el tirano fieramente—. ¿Qué quieres decir con *eso*? ¡Ah!, ya entiendo. Estás enfurruñado y necesitas más vino. ¡Aquí lo tienes! ¡Bébetelo! —y llenando otro vaso hasta el borde, se lo presentó al enano, que simplemente lo miró con la respiración entrecortada—. ¡Bebe, te digo! —gritó al monstruo—. ¡Por todos los demonios!

El enano vacilaba. El rey se puso rojo de rabia. Los cortesanos se sonreían estúpidamente. Trippetta, pálida como un cadáver, avanzó hacia el sillón del soberano y, cayendo de rodillas ante él, imploró que perdonase a su amigo.

El tirano la estuvo observando durante algunos momentos, evidentemente maravillado de su audacia. Él pareció quedar sin saber qué hacer o decir, o cómo expresar su indignación de la forma más correcta. Al fin, sin pronunciar palabra, la empujó violentamente de su lado y le arrojó a la cara el contenido del vaso.

La pobre muchacha se levantó como pudo, y sin atreverse apenas a respirar, volvió a ocupar su lugar junto a la mesa.

Se mantuvo durante medio minuto un profundo silencio, que hubiera permitido oír la caída de una hoja o de una pluma. Fue interrumpido por un quedo, pero continuado *rechinamiento*, que parecía salir de todos los rincones de la habitación.

—¿Por qué, por qué estás haciendo ese ruido? —preguntó el rey, volviéndose furiosamente hacia el enano.

Este último, que parecía haberse repuesto en gran parte de su embriaguez, mirando fija y tranquilamente a la cara del tirano, simplemente exclamó:

—¿Yo? ¿Yo? ¿Cómo puedo haber sido yo?

—El ruido parecía venir de fuera —observó uno de los ministros—. Me imagino que habrá sido el loro en la ventana, al afilarse el pico en los barrotes de la jaula.

—Es verdad —replicó el monarca, como si estuviera mucho más aliviado por la sugerencia—; pero, por mi honor de caballero, hubiera jurado que se trataba del rechinar de dientes de este miserable.

Al oír aquello, el enano rio (el rey era un bromista demasiado acreditado como para poner alguna objeción a cualquiera que se riese), poniendo de manifiesto una hilera grande y fuerte de repulsivos dientes. Además, declaró que bebería gustoso cuanto vino quisieran. El monarca se había calmado, y una vez que hubo echado otro trago sin malos efectos visibles, Hop-Frog entró de lleno en los planes para el baile de máscaras.

—No puedo decir por qué clase de asociación de ideas habrá sido —observó muy tranquilamente, como si nunca en su vida hubiera probado el vino—, pero cuando *precisamente* Su Majestad tiró el vino a la cara de la muchacha, y mientras el loro hacía ese pequeño ruido fuera de la ventana, es *cuando* he recordado una diversión formidable, uno de los juegos de mi país que son frecuentes en nuestros bailes de máscaras, pero que aquí resultará completamente nuevo. Pero, desafortunadamente, se requiere un grupo de ocho personas, y...

—¡Aquí *estamos*! —gritó el rey, riendo por su agudo descubrimiento—. Ocho; ni una más, ni una menos. Yo y mis siete ministros. ¡Vamos!; ¿en qué consiste la diversión?

—Nosotros la llamamos —replicó el tullido— los «ocho orangutanes encadenados». Y realmente es un excelente juego, cuando se realiza bien.

—*Sabremos* hacerlo perfectamente —dijo el rey, hinchándose y bajando las pestañas con suficiencia.

—La belleza del juego —continuaba Hop-Frog— radica en el espanto que produce entre las mujeres.

—¡Magnífico! —rugió el coro formado por el monarca y sus ministros.

—*Yo* los vestiré de orangutanes —prosiguió el enano—; dejadlo todo de mi cuenta. La semejanza será tan sorprendente que todo el baile de máscaras os tomará por bestias auténticas, y desde luego se sentirán más aterrorizados que atónitos.

—¡Oh! ¡Esto es exquisito! —exclamó el rey—. ¡Hop-Frog, haré un hombre de ti!

—Las cadenas sirven para aumentar la confusión con su tintineo. Se supone que los animales se han escapado en masa de sus guardianes. Su Majestad no puede ni imaginar el *efecto* que producirá en un baile de disfraces ocho orangutanes encadenados, que la mayoría de los presentes imaginará auténticos, precipitándose con gritos salvajes entre una multitud de hombres y mujeres delicada y suntuosamente vestidos. El *contraste* resulta inimitable.

—Lo será —dijo el rey.

Y el consejo se levantó apresuradamente, como si se hiciera tarde para poner en práctica el plan de Hop-Frog. El modo como este disfrazó al grupo de orangutanes fue muy sencillo, pero efectivo para sus propósitos. Los animales en cuestión, en la época del relato, habían sido vistos muy raras veces en cualquier parte del mundo civilizado, y como las imitaciones hechas por el enano se parecían bastante a una bestia y resultaban más que suficientemente espantosas, su semejanza con el original estaba, creo yo, suficientemente asegurada.

El rey y sus ministros fueron en primer lugar encajados en prendas interiores muy ajustadas. Luego los embadurnaron con brea. En aquella fase del proceso alguien del grupo sugirió que se pusieran plumas, pero la sugerencia fue inmediatamente rechazada por el enano, que pronto convenció a los ocho, por medio de una demostración ocular, de que el pelo de los orangutanes quedaba representado con más exactitud por medio del *lino*. Como consecuencia, se puso una gruesa capa de este último sobre la brea. Luego se procuraron una larga cadena. Primero se rodeó con ella la cintura del rey, quedando *atada*, haciéndose luego lo mismo con otro del grupo, y así sucesivamente con todos los restantes. Una vez que aquel encadenamiento quedó concluido y el grupo de pie y separados unos de otros lo más posible, formaron un círculo. Entonces, para hacer que las cosas parecieran lo más natural posible, Hop-Frog pasó el extremo de la cadena en dos diámetros, formando ángulo recto de un extremo a otro del círculo, al estilo adoptado hoy día por los cazadores de chimpancés u otros grandes simios de Borneo.

El gran salón en que iba a tener lugar el baile de máscaras era de forma circular, muy alto, y recibía la luz del sol únicamente a través de una sola claraboya que se abría en el techo. De noche (hora para la que el salón se había creado especialmente) estaba iluminado principalmente por una gran araña que colgaba de la claraboya por medio de una cadena, y que bajaba o subía por medio de un contrapeso; pero (con objeto de que no estropeara el conjunto) este último pasaba por fuera de la claraboya y por encima del techo.

La decoración del salón había sido confiada a Trippetta, pero en algunos detalles, al parecer, estuvo aconsejada por el juicio más tranquilo de su amigo el enano. Por consejo suyo, en aquella ocasión se quitó la araña. El goteo de la cera, que en un tiempo tan caluroso resultaba imposible prevenir, habría sido un serio perjuicio para los ricos vestidos de los invitados, los cuales, dado lo concurrido del salón, no se podía esperar que se mantuvieran alejados de la araña. En varios sitios del salón se colocaron candelabros supletorios, y a la derecha de cada una de las cariátides que se alzaban pegadas a la pared, en número de cincuenta o sesenta, fue colocada una antorcha que despedía suaves aromas.

Los ocho orangutanes, siguiendo el consejo de Hop-Frog, esperaron pacientemente hasta medianoche (cuando la habitación estuviera completamente llena de máscaras) para hacer su aparición. Tan pronto como el reloj dejó de dar la última campanada, se precipitaron, o más bien rodaron todos juntos, pues el impedimento de sus cadenas les hizo caer a la mayor parte del grupo, y además todos habían tropezado al entrar.

La excitación entre las máscaras fue formidable, y llenó de alegría el corazón del rey. Tal como se había supuesto, no fueron pocos los invitados que creyeron que aquellas feroces criaturas eran en realidad bestias de alguna clase, aunque no precisamente orangutanes. Muchas mujeres se desmayaron de terror, y si no hubiera tenido el rey la precaución de prohibir toda clase de armas en el salón, su grupo no habría tardado en pagar con sangre su broma. Entonces se produjo una fuga general hacia las puertas, pero el rey había ordenado que las cerrasen nada más entrar él, y por indicación del enano le habían entregado las llaves.

Mientras el tumulto estaba en su apogeo y cada máscara se preocupaba solamente de su propia seguridad (pues en realidad, entre la presión del agitado gentío, existía mucho peligro real), la cadena de la que colgaba ordinariamente la araña, y que había sido recogida arriba al trasladar esta, empezó a descender gradualmente hasta que el gancho de su extremo estuvo a tres pies del suelo.

Poco después de aquello, el rey y sus siete compañeros, una vez que hubieron rodado por todas las direcciones, se encontraron al fin en el centro del salón, y desde luego en inmediato contacto con la cadena. Mientras estaban así situados, el enano, que los había seguido de cerca, excitándolos a preservarse de la gente, enganchó el sitio de cruce en el gancho que servía para sostener la araña, y en un instante, como por un agente invisible, la cadena se elevó lo suficiente como para poner el gancho fuera de todo alcance, ascendiendo, en consecuencia, a los orangutanes en apretado montón, cara a cara.

Las máscaras, durante este tiempo, se habían recobrado en parte de su alarma, y habían empezado a considerar todo aquello como una broma muy bien urdida, lanzando fuertes carcajadas ante la posición que ocupaban los monos.

—¡Dejádmelos! —gritó entonces Hop-Frog, haciendo oír su aguda voz en medio de todo el estrépito—. ¡Dejádmelos a mí! Creo conocerlos. Si puedo echarles una mirada, pronto os diré *quiénes* son.

Entonces, abriéndose paso por entre la gente, se las arregló para llegar a la pared, y cogiendo una antorcha de una de las cariátides, volvió por el mismo camino al centro de la habitación, saltando con la agilidad de un mono sobre la cabeza del rey, y desde aquí trepó unos cuantos pies por la cadena, bajando la antorcha para examinar el grupo de orangutanes, mientras seguía gritando:

—¡Pronto averiguaré *quiénes* son!

Y entonces, mientras todos los presentes (incluidos los monos) se desternillaban de risa, el bufón, de pronto, lanzó un agudo silbido, tras el cual la cadena ascendió treinta pies, arrastrando a los orangutanes, a los aterrorizados y desesperados orangutanes, y dejándolos suspendidos entre la claraboya y el suelo. Hop-Frog, agarrado a la cadena mientras subía, se mantenía algo alejado de los ocho monos, y todavía (como si nada hubiera conseguido) continuaba bajando la antorcha hacia ellos, cual si se esforzara en descubrir quiénes eran.

Todos los invitados quedaron tan asombrados que se mantuvieron en un silencio de muerte durante casi un minuto. Este silencio fue interrumpido precisamente por un *chirrido* áspero y quedo, como el que había atraído la atención del rey y sus ministros cuando el primero arrojó el vino a la cara de Trippetta. Pero en la ocasión presente no podía existir duda alguna respecto al *lugar* de procedencia de tal sonido. Venía de los agudos dientes del enano, quien los hacía rechinar y crujir mientras la boca se le llenaba de espuma y miraba con expresión de rabia demoníaca las caras del rey y de sus siete compañeros.

—¡Ja, ja, ja! —dijo al fin el enfurecido bufón—. ¡Ja, ja, ja! ¡Ahora empiezo a ver de qué gentes se trata!

Entonces, fingiendo que quería examinar al rey más detenidamente, acercó la antorcha a la capa de lino que lo envolvía y que instantáneamente ardió en una viva llamarada. En

107

menos de medio minuto los ocho orangutanes estaban envueltos en un fuego feroz, en medio de los gritos de la gente que contemplaba la escena desde abajo, horrorizada de pánico y sin poder prestar la menor ayuda.

Al fin, las llamas aumentaron de pronto en virulencia, obligando al bufón a trepar por la cadena para ponerse fuera de su alcance. Cuando realizó aquel movimiento, el grupo de invitados guardó un momento de silencio. El enano aprovechó la oportunidad que se le brindaba para volver a hablar:

—Ahora veo *claramente* —dijo— de qué clase de gente se trataba. Se trata de un gran rey y de sus siete ministros; un rey que no tiene escrúpulos en golpear a una indefensa muchacha, y sus siete ministros, que le incitaron a ese ultraje. En cuanto a mí mismo, soy simplemente Hop-Frog, el bufón, y *esta es mi última broma*.

Debido a la gran combustibilidad tanto del lino como de la brea, apenas había terminado el enano su breve discurso cuando la obra de su venganza quedó consumada. Los ocho cuerpos quedaron colgando de sus cadenas, formando una masa ennegrecida, fétida, pestilente y espantosa. El cojitranco arrojó su antorcha sobre ellos, trepó hábilmente hacia el techo y desapareció por la claraboya.

Se supuso que Trippetta, escondida en el tejado del salón, había sido la cómplice de su amigo en su feroz venganza, y que ambos huyeron a su propio país. Jamás se les volvió a ver.

# VON KEMPELEN Y SU DESCUBRIMIENTO*

Tras la minuciosísima y elaborada narración de Arago, sin decir nada del resumen en el *Silliman's Journal* con la detallada exposición que acaba de publicar el teniente Maury, no se supondrá, evidentemente, que, al dar unas pocas y escasas referencias sobre el descubrimiento de Von Kempelen, tenga yo la menor intención de tratar la materia desde un punto de vista *científico*. Mi objeto es solamente, en primer lugar, decir unas pocas palabras sobre el propio Von Kempelen (a quien hace unos años tuve el honor de conocer personalmente, aunque a la ligera), puesto que todo lo que se refiere a él en este momento ha de ser necesariamente interesante; y, en segundo lugar, analizar, de un modo muy general y especulativamente, los *resultados* de su descubrimiento.

Esto, sin embargo, puede ser muy bien una introducción a las rápidas observaciones que he ofrecido, por negar decididamente lo que parece ser una impresión general (tomada, como se acostumbra en estos casos, de los periódicos), es decir: que este descubrimiento tan extraño como indiscutible es *imprevisible*.

Sobre el *Diario* de Sir Humphrey Davy (Cottle & Munroe, Londres, p. 150) puede verse en las páginas cincuenta y

---

* Título original: *Von Kempelen and His Discovery*. Primera publicación (edición de referencia): *Flag of Our Union*, 14 de abril de 1849.

tres y ochenta y dos que ese ilustre químico no ha concebido únicamente la idea a que nos referimos, sino que actualmente hace *considerables progresos experimentalmente* en el verdadero *análisis idéntico*, ahora tan en boga gracias a Von Kempelen, quien, aun sin hacer la más ligera alusión a ello, está, *indudablemente* (digo esto sin ninguna vacilación y lo puedo probar si es necesario), agradecido al *Diario*, que, al menos, ha supuesto la primera noción para su propia empresa. Aunque algo técnico, debo citar dos pasajes del *Diario* que incluyen dos ecuaciones de Sir Humphrey. [Dado que carecemos de los signos algebraicos necesarios, y el *Diario* puede consultarse en la biblioteca del Ateneo, omitimos aquí una pequeña parte del manuscrito de Mr. Poe.–ED.]

El artículo del *Courier and Enquirer* que acaba de aparecer en las columnas de la prensa, y que atribuye el invento a un tal Mr. Kissam, de Brunswick (Maine), me parece, lo confieso, un tanto apócrifo, por varias razones; aunque no haya nada imposible o muy improbable en el informe hecho. No necesito entrar en detalles. Mi opinión sobre el artículo se funda principalmente en su *estilo*. No lo *considero* veraz. Las personas que narran *hechos* son pocas veces tan precisas, como parece serlo Mr. Kissam, sobre el día, fecha y lugar exacto. Además, si Mr. Kissam se encuentra ahora con el descubrimiento, según dice haberse encontrado, en el período señalado —hace cerca de ocho años—, ¿cómo no dio ni un paso en *aquel instante* para conseguir los inmensos beneficios, que el más ignorante sabe que podría obtener para él mismo, y, a la larga, para el mundo, con ese descubrimiento? Me parece increíble que cualquier hombre de inteligencia corriente pueda haber descubierto lo que pretende Mr. Kissam, y, sin embargo, actuar después como un niño —como un idiota—, como *admite* Mr. Kissam haber obrado. Pero ¿quién es Mr. Kissam?, y el artículo entero del *Courier and Enquirer* ¿no es más que una manera de «hacer hablar»? Hay que confesar que esa publicación es una extraña bola llena de aire. Muy poca confianza ha de dársele, según mi humilde opinión; y si no supiéramos bien, por experiencia, qué fácilmente se engaña a los hombres de ciencia en puntos que caen fuera de su habitual campo de investigación, me sentiría profundamente atónito al encontrar a un químico tan eminente como el profesor Draper discutiendo las pretensiones de M. Kissam (¿o se trata de Mr. Quizzem?)[1] en un tono tan grave.

Pero hay que volver al *Diario* de Sir Humphrey Davy. Este panfleto no está destinado a la lectura del público, hasta después de la muerte del escritor, como cualquier persona entendida en la profesión del escritor puede descubrir por su cuenta con una ligera inspección del estilo. En la página trece, por ejemplo, cerca de la mitad, leemos sobre sus investigaciones en torno al protóxido de ázoe: «En menos de medio minuto la respiración, que continuaba, disminuyó gradualmente y esto *fue* conseguido por una suave presión en todos los músculos». Que la *respiración* no había «disminuido», no es solo claro por el contexto siguiente, sino por el uso del plural nosotros. La frase, indudablemente, ha de ser entendida así: «en menos de medio minuto, la respiración continuó (estas sensaciones), disminuyó gradualmente, y fue conseguida por (una sensación) análoga a una débil presión sobre todos los músculos». Un centenar de casos semejantes demuestran que el manuscrito tan irreflexivamente publicado era meramente una *anotación de borrador* que solo tenía sentido para el escritor; pero un examen del panfleto casi convencerá a todas las personas de la verdad de mi sugestión. Lo cierto es que Sir Humphrey Davy era el último hombre del mundo

---

[1] «Quizzem»: Burlón, gracioso, bufón. (*N. del T.*)

para comprometerse en aventuras científicas. No solo tenía una extraordinaria repulsión por la charlatanería, sino que su miedo por *parecer* empírico era patológico; de tal manera que, sin embargo, estaba completamente convencido de estar en el verdadero camino en el asunto de que ahora tratamos, pues nunca quería hablar *claramente* hasta haber hecho fáciles todas las cosas por medio de la más práctica demostración. Creo que realmente sus últimos momentos habrían sido penosos si él hubiera podido sospechar que sus deseos en torno a este «Diario» (lleno de crudas especulaciones) iban a resultar incumplidos; como lo fueron, al parecer. Digo «sus deseos», porque intentó incluir estas notas entre los diversos papeles que estaban destinados «a ser quemados», y creo que no puede haber duda sobre esto. Se libraron de las llamas por suerte o por desgracia; sin embargo, ahí están para ser examinados. El que los pasajes mencionados antes, con el otro similar también citado, proporcionaran a Von Kempelen la *sugestión*, es una cuestión insignificante para mí; pero repito que falta por ver si ese importantísimo descubrimiento (importante bajo cualesquiera circunstancias) hará a la larga un gran servicio o un perjuicio a la humanidad. Sería absurdo dudar por un momento que Von Kempelen y sus amigos más allegados deseen obtener un rico beneficio. Ellos solo querrían ser más numerosos para *realizarlo* a tiempo con grandes adquisiciones de casas y tierras, junto con otras propiedades de *intrínseco* valor.

En el breve relato de Von Kempelen, que apareció en el *Home Journal* y que se ha extendido tanto, varios errores del original alemán han sido cometidos, al parecer, por el traductor, quien dice que ha tomado el pasaje del último número del *Schnellpost* de Presburgo. *Viele* está evidentemente equivocado (como sucede a menudo), y lo que el traductor entiende por «penas» es probablemente *lieden*, que en su verdadera versión, «sufrimientos», daría un carácter completamente distinto a todo el relato; pero, por supuesto, mucho de eso no son más que meras conjeturas por mi parte.

Von Kempelen, sin embargo, no es ciertamente «un misántropo»; en apariencia al menos, aunque lo sea en realidad. Lo conocí de un modo completamente casual; pero ver y conversar con un hombre de tan *prodigiosa* notoriedad como la alcanzada por él, o que *alcanzará* dentro de pocos días, no es una cuestión de tan poca importancia como en otros tiempos.

*The Literary World* habla de él, con seguridad, como de un nativo de Presburgo (equivocación cometida tal vez por el relato en el *Home Journal*), pero me agrada poder afirmar *positivamente*, como lo he oído de sus propios labios, que nació en Utica, en el estado de Nueva York, aunque sus padres, según creo, habían nacido en Presburgo. La familia está relacionada en parte con Mäelzel, el famoso jugador autómata de ajedrez. [Si no nos equivocamos, el nombre del *inventor* del autómata era Kempelen, Von Kempelen, o algo parecido. ED.] Corporalmente es bajo y fuerte, con unos ojos grandes, azules y *opulentos;* pelo crespo y patillas, una boca ancha pero agradable, dientes finos y, si mal no recuerdo, nariz romana. Tiene algún defecto en uno de sus pies. Su aire es franco, y su aspecto, en conjunto, notable por su *bonhommie*. En general, mira, habla y actúa un poco a lo «misántropo», como no he visto nunca en otro hombre. Fuimos compañeros en una residencia durante una semana hace unos seis años: en el hotel Earl, en Providence, Rhode Island; y supongo que conversé con él, en varias ocasiones durante unas tres o cuatro horas en total. Sus principales temas de conversación eran los del día, y nada de lo que noté en él me hizo sospechar sus facultades científicas. Dejó el hotel antes que yo, con intención de ir a Nueva York y desde aquí a Bremen; fue en esta última ciudad donde su gran descubrimiento fue hecho público por vez primera, o, mejor, donde él sospechó por vez primera que lo había realizado. Esto es, en líneas generales, todo lo que conozco personalmente del ahora inmortal Von Kempelen, pero pienso que incluso estos pequeños detalles serán interesantes, para el público.

Tal vez sea una cuestión secundaria el que la mayor parte de los extraños rumores en tomo a este asunto sean puras invenciones, dignas de tanto crédito como la historia de la lámpara de Aladino, y, sin embargo, en un caso como el presente, como en el de los descubrimientos en California, es evidente que la verdad *puede ser* más extraña que la ficción. La siguiente anécdota, al menos, es tan auténtica, según se ha comprobado, que podemos aceptarla plenamente.

Von Kempelen nunca fue un hombre de dinero durante su estancia en Bremen, y a menudo, se sabía bien, llegaba a utilizar medios extremos para conseguir sumas insignificantes. Cuando ocurrió el gran lío en torno a la falsificación en la casa de Gutsmuth & Co., las sospechas recayeron directamente sobre Von Kempelen, porque él había adquirido una importante finca en Gasperitch Lane, y porque se negó, cuando fue interrogado, a decir cómo había conseguido el dinero para comprarla. Por fin fue arrestado, pero no se pudo encontrar nada decisivo contra él, por lo que fue puesto en libertad. La policía, sin embargo, vigiló estrechamente sus movimientos, y descubrió así que abandonaba la casa con frecuencia, tomando siempre el mismo camino y librándose invariablemente de sus seguidores en ese laberinto de calles estrechas y sinuosas travesías conocido con el nombre de el «Dondergat». Finalmente, a fuerza de mucha perseverancia, lograron seguirle hasta una buhardilla de una casa de siete pisos, en una avenida llamada Flatzplatz; y cayendo sobre él de improviso, le encontraron, como ellos lo imaginaban, en la mitad de sus operaciones de falsificación. Su nerviosismo fue tan grande que los agentes no dudaron en absoluto acerca de su culpabilidad. Tras esposarlo, miraron por la habitación, o mejor las habitaciones, pues al parecer ocupaba toda la *mansarde*.

Con la buhardilla donde lo cogieron comunicaba una habitación de diez pies por ocho, en la que había algunos aparatos de química, cuyo objeto no había sido aún averiguado. En un rincón de esta habitación había un pequeño horno, encendido, con un fuego pequeño, y sobre el fuego una especie de crisol doble —dos crisoles unidos por un tubo—. Uno de estos crisoles estaba lleno de *plomo* en estado de fusión, pero no llegaba hasta la abertura del tubo, que estaba cerrado en el borde. El otro crisol tenía, un poco de líquido que, a la entrada de los agentes, pareció disiparse curiosamente en vapor. Contaron los agentes que, cuando fue sorprendido, Kempelen cogió los crisoles con ambas manos (que tenía metidas en guantes que más tarde resultaron ser incombustibles) y tiró el contenido sobre el suelo. Fue entonces cuando lo esposaron; y antes de empezar el registro de la morada lo cachearon, aunque no le encontraron nada raro, salvo un paquete en su bolsillo de la chaqueta que contenía lo que más tarde se vio que era una mezcla de antimonio y *alguna sustancia desconocida*, en proporciones casi iguales. Todas las tentativas para conocer la sustancia, hasta ahora, han fallado, pero es indudable que finalmente podrá ser analizada.

Al salir de la habitación con su prisionero, los agentes pasaron a través de una especie de antesala en la que no se encontró ningún material y que servía de dormitorio para el químico. Miraron detenidamente algunos cajones y cajas, pero descubrieron únicamente unos pocos papeles sin mucha importancia y algunas monedas auténticas de plata y oro. Por último, mirando debajo de la cama, vieron *un gran baúl forrado de piel sin curtir y que no tenía ni bisagras ni pestillos ni cerradura* y con la tapa puesta descuidadamente atravesada. Tras intentar sacar este baúl de debajo de la cama, vieron que ni uniendo todas sus fuerzas (eran tres hombres vigorosos) «podían moverlo ni una pulgada». Asombrados por esto, uno de ellos se metió debajo de la cama y mirando en el baúl dijo:

—No me extraña que no podamos moverlo: ¡está lleno hasta el borde de bronce!

Apoyando sus pies entonces contra la pared para hacer más fuerza, y empujando así mientras sus compañeros tiraban también, a duras penas lograron arrastrarlo de debajo de la cama; y así examinaron su contenido. El supuesto bronce que lo llenaba estaba todo dividido en trocitos pulidos, cuyo tamaño iba desde el de un guisante hasta el de un dólar; pero las piezas tenían forma irregular, aunque eran más o menos aplastadas y con un aspecto en su totalidad «mucho más de plomo cuando se desentierra en estado de fusión y cuando empieza a enfriarse». Entonces, ninguno de los agentes tuvo la sospecha de que aquel metal fuera otra cosa que bronce. La idea de que fuese *oro*, por supuesto, no les vino a la mente. ¿Cómo *podía* entrar en su cabeza una fantasía semejante? Y puede concebirse muy bien su extrañeza cuando al día siguiente supieron, igual que todos los habitantes de Bremen, que «la partida de bronce» que habían llevado con tanto desprecio a la comisaría de policía, sin intentar embolsarse ni la menor cantidad, no era solo oro, sino oro tan fino como el que se empleaba para acuñar las monedas: ¡oro absolutamente puro, virgen, sin la más leve aleación apreciable!

No necesito entrar en detalles sobre la declaración de Von Kempelen (hasta dónde llegó) y su puesta en libertad, pues el público se halla más que familiarizado en esto. Ninguna persona de sano juicio podía poner en duda que él acababa de realizar, en espíritu y en la práctica, si no al pie de la letra, la vieja quimera de la piedra filosofal. Las opiniones de

Arago son, por supuesto, dignas de la más alta consideración; pero él no es infalible; y lo que dice del *bismuto* en su informe a la academia ha de ser tomado *cum grano salis*. Lo cierto es que hasta el momento *todos* los análisis han fracasado, y si Von Kempelen hubiese querido darnos, la clave de su propio enigma publicado, es más que probable que la cuestión habría permanecido por muchos años *in statu quo*. Todo cuanto puede decirse es que *el oro puro puede ser producido a voluntad y con gran facilidad mediante la mezcla de plomo con otras sustancias de una clase y en una proporción desconocida.*

Por supuesto, es difícil especular sobre las consecuencias inmediatas y últimas del descubrimiento: un descubrimiento que pocas personas sensatas dudarán atribuirlo al creciente interés por la cuestión del oro en general, por los últimos hallazgos en California. Y esta reflexión nos lleva inevitablemente a otra: la extraordinaria *inoportunidad* del análisis de Von Kempelen. Si muchos no queremos arriesgarnos a ir a California por el simple pensamiento de que el oro disminuiría tanto en su valor material a causa de su abundancia en aquellas minas, como para hacer dudosa la especulación de ir tan lejos en su busca: ¿qué impresión suscitaría *ahora* sobre las mentes de los que intentan emigrar, y especialmente sobre las mentes de los que actualmente se hallan en la región mineral, el anuncio de este asombroso descubrimiento de Von Kempelen, un descubrimiento que declara, en pocas palabras, que aparte de su intrínseco valor a los fines de fabricación (sea el que sea ese valor), el oro es ahora, o al menos ha de serlo pronto (porque no es de suponer que Von Kempelen pueda mantener su secreto durante *mucho tiempo*), de no mayor *valor* que el plomo, y de muy inferior valor que la plata? En realidad, es algo muy difícil el especular anticipadamente sobre las consecuencias de tal descubrimiento, pero algo puede mantenerse positivamente: que el anuncio del descubrimiento, hace seis meses, hubiera tenido una influencia material sobre la bolsa de California.

En Europa, hasta ahora, los más importantes resultados han consistido en una subida del dos por ciento en el precio del plomo, y casi del veinticinco por ciento en el de la plata.

# X EN UN PÁRRAFO*

COMO es bien sabido, «el hombre sabio» viene «del Oriente»; y como señor Chiflado Cabeza-de-Bala viene del Este, se deduce que señor Cabeza-de-Bala era un sabio; si se necesita la prueba correspondiente, aquí la tenemos: el señor B. era un director de periódico. La irascibilidad era su única flaqueza; y de hecho, la obstinación de que le acusaban los demás no era más que *flaqueza*, ya que él la consideraba justamente como su fuerte. Era su punto fuerte, su virtud; y se hubiera necesitado toda la lógica de un Brownson para convencerlo de que era «cualquier cosa».

He demostrado que Chiflado Cabeza-de-Bala era un hombre sabio; y la única vez en que no dio prueba de su infalibilidad fue cuando, abandonando lo que es el hogar legítimo para todo hombre sabio, el Oriente, emigró a la ciudad de Alejandro-el-Grande-o-Nopolis, o hacia algún lugar de nombre parecido en Occidente.

Sin embargo, he de hacerle justicia, diciendo que, cuando finalmente tomó la decisión de detenerse en esa ciudad, estaba bajo la impresión de que no había ningún diario, y, en consecuencia, ningún director, en aquella parte del país. Con

---

* Título original: *X-ing a Paragrab*. Primera publicación (edición de referencia): *Flag of Our Union*, 12 de mayo de 1849.

la fundación de *La Tetera* esperaba tener todo el campo libre para sí mismo. Tengo la seguridad de que nunca había soñado en fijar su residencia en Alejandro-el-Grande-o-Nopolis hasta enterarse de que allí vivía un caballero llamado John Smith (si no me falla la memoria), quien durante muchos años había descansado tranquilamente, engordando, mientras editaba y publicaba *La Gaceta de Alejandro-el-Grande-o-Nopolis*. Así fue como, a causa de una mala información, el señor Cabeza-de-Bala se encontró en Alej... —en adelante diremos Nopolis, para abreviar—, pero al encontrarse allí, decidió sostener su resolución por obsti... —por firmeza—, y se quedó. Se quedó; e hizo más: desempaquetó sus prensas, tipos, etc.; alquiló una oficina exactamente enfrente de *La Gaceta*, y a la tercera mañana de su llegada salía el primer número de *La Tetera de Alejan...* —es decir, *La Tetera de Nopolis*—, según puedo recordar; este era el nombre del nuevo periódico.

El artículo de fondo, he de admitirlo, era brillante, por no decir severo. Era de una amargura especial sobre ciertas cosas generales, y en lo que se refiere al director de *La Gaceta*, en particular, lo despedazaba. Alguna de las observaciones de Cabeza-de-Bala eran verdaderamente tan feroces, que desde entonces me vi obligado a considerar a John Smith, que aún vive, bajo el aspecto de una salamandra. No pretendo dar todos los artículos *verbatim* de *La Tetera*, pero uno de ellos dice así:

> «¡Oh, sí! ¡Oh, nos damos cuenta! ¡Oh, no hay duda! El director de enfrente es un genio. ¡Oh, señor mío! ¡Oh, misericordioso! ¿Qué palabra viene a nuestros labios? *¡Oh tempora! ¡Oh mores!*».

Una filípica de corte tan clásico y de tanta causticidad, estalló como una bomba entre los hasta entonces pacíficos ciudadanos de Nopolis. Grupos de individuos excitados se reunieron en las esquinas de las calles. Todos esperaban ansiosos la réplica del digno Smith. A la mañana siguiente apareció lo siguiente:

Citamos de *La Tetera* de ayer el adjunto párrafo: «¡*Oh*, sí! ¡*Oh*, nos damos cuenta! ¡Oh, no hay duda! El director de enfrente es un genio: ¡*Oh*, señor mío! ¡*Oh*, misericordioso! ¡*Oh*, tempora! ¡*Oh*, mores!». Y es que el compañero es todo O. No dice nada de los motivos de su razonamiento en círculo, ni tampoco aclara por qué no tiene principio ni fin. Realmente creemos que el vagabundo no puede escribir una palabra que no tenga O. ¿Acaso es un hábito suyo eso de las oes? Entre tanto, él se retira allá, hacia el Oriente, a toda prisa. ¿Podemos preguntar si él es tan O como aquí lo da a entender? ¡*O!* ¡Es triste!

No intentaré hablar de la indignación de señor Cabeza-de-Bala ante estas escandalosas insinuaciones. Referente a las razones del desollador de vivos, sin embargo, no pareció muy enfadado ante el ataque contra su integridad, como alguien podría imaginar. Lo que le desesperaba era su *estilo* sarcástico. ¡Cómo! ¿Que *él*, Chiflado-Cabeza-de-Bala, no era capaz de escribir una palabra sin una O en ella? Pronto vería aquel chupatintas que estaba absolutamente equivocado. ¡Sí! ¡Haría ver claro a aquel necio todo lo equivocado que estaba! Él, Chiflado-Cabeza-de-Bala, de Frogpondium, le haría ver a Mr. John Smith que él, Cabeza-de-Bala, podía redactar, si se lo proponía, un párrafo entero —¡qué!, un artículo entero— en el que la condenada letra no apareciese ni una vez, ni una *sola vez*. Pero no; ¡para qué ser complaciente con un capricho de John Smith! Él, Cabeza-de-Bala, no iba a introducir ninguna alteración en su estilo para saciar un capricho de un cualquiera Mr. Smith de la cristiandad. ¡Perezca un pensamiento tan vil! ¡La O para siempre! Él permanecería en la O. Sería tan O, tan O como puede uno serlo.

Excitado con esta caballeresca determinación, el gran Chiflado, en la siguiente *Tetera*, publicó este mero, pero sencillo y decidido párrafo en relación con el desdichado asunto:

El director de *La Tetera* tiene el *honor* de advertir al director de *La Gaceta* que él (*La Tetera*) aprovechará una oportunidad, mañana, en el periódico, para convencer (a *La Gaceta*) de que él (*La Tetera*) puede y desea ser su propio maestro en lo referente al estilo; que él (*La Tetera*) intenta mostrarle (a *La Gaceta*) el supremo y real desprecio que la crítica de él (*La Gaceta*) inspira al espíritu independiente de él (*La Tetera*), al componer para la especial gratificación (?) de él (*La Gaceta*) un artículo de fondo, de alguna extensión, en el que la bella vocal —emblema de la Eternidad—, tan ofensiva, no obstante, para la hiperexquisita sensibilidad de él (*La Gaceta*), no será por cierto suprimida por él (de *La Tetera*), su más obediente y humilde servidor, *La Tetera*. Eso por lo que se refiere a Buckingham.

En cumplimiento a la terrible amenaza, más oscuramente insinuada que decididamente enunciada, el gran Cabeza-de-Bala no hizo caso a todas las súplicas de «original» y pidió a su regente que «se fuera al d...» cuando él (el regente) le aseguró a él (*La Tetera*) que ya era hora de terminar la redacción: no haciendo caso, repito, el gran Cabeza-de-Bala estuvo sentado hasta que rompió el alba, consumiendo el aceite nocturno y absorto en la redacción del párrafo inigualable que sigue:

Así, ¡oh John!, ¿qué pasa? ¡Habla usted demasiado!, ¿sabe? ¡Usted fue cuervo en otros tiempos; ¿sabe su madre que usted ha escapado? ¡Oh, no, no! ¡Vuelva a su hogar, ahora, inmediatamente, a su odioso y viejo bosque de Concord! ¡Vuélvase a sus bosques, vieja lechuza, pronto! ¡Cómo que no! ¡Oh!, ¿por qué, por qué, por qué no, John? ¡Usted sabe que no tiene otra posibilidad! Inmediatamente, no se haga de rogar; ninguno de los suyos está junto a usted. Usted lo sabe. ¡Oh, John, John, si usted *no* se va enseguida a su casa, no *homo*...! ¡Usted no es más que un pájaro, un búho; un toro, un cerdo; un muñeco, un tronco; un pobre viejo, bobo, vago, perro, leño, sapo! ¡Lárguese al pantano de Concord! ¡Frío! ¡Ahora! ¡Frío! Está frío, loco, ¡ninguno de sus cuervos, viejo gallo, está junto a usted! ¡No arrugue el entrecejo! ¡No quiero ni chillidos, ni aullidos, ni gruñidos! ¡Santo Dios, John, cómo mira usted! ¡No grite tanto, usted lo sabe, y deje descansar su pluma de ganso, arrancada de un viejo palmípedo, y váyase y ahogue sus penas en un vaso!

Agotado, naturalmente, por tan ingente esfuerzo, el gran Chiflado solo esperó a que llegase la noche. Firme, compuesto, aunque con un aire de poder consciente, dio aquel original al diablo que estaba esperando, y después, caminando lentamente hacia su casa, se metió con inefable dignidad en el lecho.

Entre tanto, el diablo a quien se había entregado el manuscrito subió las escaleras de su «caja» con una prisa enorme y empezó a componer el texto.

En primer lugar, como la primera palabra era «so»[1], se lanzó hacia las eses mayúsculas, agujereó una *s* y salió en triunfo con esta mayúscula. Enardecido con este éxito, inmediatamente fue a coger una *o* minúscula con una gran impetuosidad; pero ¿quién podría describir su terror cuando sus dedos aparecieron sin la letra mencionada? ¿Quién podría pintar su asombro y rabia al ver que había golpeado, sin querer, con sus articulaciones en el fondo de una caja *vacía*? No había ni siquiera una *o* minúscula en la caja de las oes; y, mirando, lleno de terror, a la caja de las oes mayúsculas vio, palideciendo, que allí ocurría algo muy similar. Asustado, su primer impulso fue acudir al regente.

---

[1] «So» (así), primera palabra inglesa con que empieza el artículo contra *La Gaceta*. (*N. del T.*)

—¡Señor! —dijo tartamudeando—, no me ha sido posible sacar ni una sola *o* de su caja.

—¿*Qué* quieres decir con eso? —gruñó el regente, que estaba de muy mal humor por haberse tenido que quedar tanto tiempo.

—Lo que digo, señor, que no he encontrado ni una o en la oficina, ¡ni siquiera para construir un corto *no*!

—¿Entonces..., entonces, el día..., sé las ha llevado todas de la caja?

—Yo no lo sé, señor —dijo el muchacho—, pero uno de esos diablos de *La Gaceta* ha estado por aquí dando vueltas toda la noche, y sospecho que las ha llevado todas.

—¡Que lo asen! No lo dudo... —replicó el regente, encendiéndose de rabia—; pero te digo que tú, Bob, que eres un buen muchacho, en la primera ocasión, les robas a ellos, ¡qué el diablo los lleve! sus cetas.

—Lo haré —contestó Bob, con un guiño y frunciendo el entrecejo—, lo haré, y así solo podrán hacer una o dos cosas; pero entre tanto, ¿que hago con el artículo? Tiene que estar para esta noche, usted lo sabe..., y si otro diablo no me ayuda... yo...

—Y no hay ni una *gota* de pez caliente —interrumpió el regente, suspirando profundamente y pronunciando con énfasis «gota»—. ¿Es *muy* largo el artículo, Bob?

—No puede considerarse muy largo —dijo Bob.

—Ah, entonces bien; hazlo como puedas. Tiene que entrar en la prensa —dijo el regente, que ya estaba hasta la coronilla—. Pon en su lugar alguna otra letra; de todos modos, nadie lo notará.

—*Muy* bien —replicó Bob—. ¡Lo haré! —Y se marchó corriendo hacia la caja, mientras murmuraba—: Estupendo; un hombre no puede reparar en una letra más o menos. Y delante de sus narices les voy a quitar sus cetas, y ¡que se vayan al díablo! ¡Muy bien!

El hecho es que, aunque Bob no tenía más que doce años y solo medía cuatro pies de altura, era igual a cualquiera en la lucha, cuando llegaba la ocasión.

Lo sucedido suele ocurrir a veces en las imprentas; no puedo decir por qué, pero es indudable que cuando ocurre algo así, casi siempre se echa mano de la *x* para sustituir la letra que falta. Tal vez la verdadera razón es que la *x* es la letra más abundante en las cajas, o al menos así se hacía en los viejos tiempos, para que la sustitución en cuestión fuera una cosa habitual entre los impresores. Bob, por su parte, consideró heterodoxo el emplear cualquiera otro de los caracteres en un caso semejante, que no fuese la *x*, a la que se había acostumbrado.

—*Compondré* este artículo con *x* —se dijo a sí mismo, mientras lo leía —asombrado—; pero este artículo se trata de una broma, por la cantidad de *oes* que lleva: nunca he visto tantas.

Y así empleó firmemente la *x*, y lleno de *x* fue a la prensa.

A la mañana siguiente la población de Nopolis se quedó atónita al leer en *La Tetera* el extraordinario artículo de fondo:

Axí, xh, Jxhn, ¿qué pasa? ¡Habla usted demasiadx!, ¿sabe? ¡Usted fue cuervx en xtrxs tiempxs; ¿sabe su madre que usted ha escapadx? ¡Xh, nx, nx! Vuelva a su hxgar, ahxra, inmediatamente, a su xdixsx y viejx bxsque de Cxncxrd. ¡Vuélvase a sus bxsques, vieja lechuza, prxntx! ¡Cxmx que nx! ¡Xh!, ¿pxr qué, pxr qué, pxr qué nx, Jxhn? ¡Usted sabe que nx tiene xtra pxsibilidad. Inmediatamente, nx se haga de rxgar; ningunx de lxs suyxs está juntx a usted. Usted x sabe. ¡Xh, Jxhn, Jxhn, si usted nx se va enseguida a su casa, nx...! ¡Usted nx es más que un pájarx, un búhx, un txrx, un cerdx; un muñecx, un trxncx; un pxbre viejx, bxbx, vagx, perrx, leñx, sapx! ¡Lárguese al pantanx de Cxncxrd! ¡Fríx, ahxra! ¡Fríx! Está fríx, lxcx, ¡ningunx de sus cuervxs, viejx gallx, está juntx a usted. Nx arrugue el entrecejx. ¡Nx quierx ni chillidxs, ni aullidxs, ni gruñidxs! ¡Santx Dixs, Jxhn, cxmx mira usted! ¡Nx grite tantx, usted Ix sabe, y deje descansar su pluma de gansx, atrancada de un viejx palmípedx, y váyase y ahxgue sus penas en un vasx!»

El ruido que ocasionó este misterioso y cabalístico artículo fue inconcebible. La primera idea que se le ocurrió al populacho fue que alguna traición diabólica se agazapaba en aquellos jeroglíficos, y hubo una carrera general hacia la casa de Cabeza-de-Bala para colgarlo de una barandilla; pero no encontraron al *gentleman* en parte alguna. Se había desvanecido, nadie sabía cómo; y desde entonces nunca se lo volvió a ver.

Un *gentleman* dijo que todo aquello era una broma excelente.

Otro dijo que, realmente, Cabeza-de-Bala había demostrado una fantasía eXuberante.

Un tercero dijo que no era nada más que un excéntrico.

Un cuarto solo pudo suponer el propósito de los yanquis de eXpresar, de un modo general, su eXasperacion.

—Yo digo, mejor, que ha dejado un eXemplo para la posteridad —sugirió un quinto.

Que Cabeza-de-Bala se había encontrado en un gran apuro era evidente, y puesto que *ese* director no pudo ser encontrado, se habló de linchar al otro.

La conclusión más corriente, sin embargo, fue que el asunto, simplemente, era eXtraordinario e ineXplicable. Hasta el matemático de la ciudad confesó que él no había sido capaz de aclarar un problema tan oscuro. Todos sabían que X era una cantidad desconocida; pero en ese caso (como él observó con propiedad) había una cantidad desconocida de X.

En opinión de Bob, el diablo (que se guardaba el secreto de su intervención en «el artículos de las x»), no había puesto tanta atención como pensaba que merecía aquello. Él dijo que, por su parte, no había duda sobre el asunto; que era algo muy claro que al tal señor Cabeza-de-Bala «nunca le *pudieron* convencer que bebiese como las demás gentes; estaba *continuamente* atareado, lo hacían muy feliz XXX cervezas[2]. Y, por una consecuencia natural, se infló de un modo salvaje y esto le llevó al eXtremo de que le hiciesen X (cruz).

[2] Juego de palabras sin traducción posible en español: *Ale* es «cerveza», y *X-ale* es «exhalar». (*N. del T.*)

# EL FARO*

1 de enero de 1796.

H OY es mi primer día en el faro. Hago esta anotación en mi Diario, tal como convine con De Grät. Seré todo lo regular que pueda a la hora de escribir, pero es imposible predecir lo que puede ocurrirle a un hombre que está tan solitario como yo. Puedo enfermar, o algo peor... ¡Pero bueno! El cúter ofrece una magra escapatoria, ¿pero para qué acogerme a él, ya que estoy *aquí* a salvo? Mi espíritu comienza a revivir ante la simple idea de quedarme, por una vez en mi vida al menos, completamente *solo;* ya que, por supuesto, Neptuno, con todo lo grande que es, no puede ser considerado «sociedad». Quisiera el cielo que hubiese encontrado en sociedad la mitad de *devoción* que me muestra este pobre perro; pero, de haber sido así, nunca me hubiese apartado de la sociedad, aunque solo fuese por este año... Lo que más me sorprende fue lo que dudó De Grät a la hora de darme trabajo, ¡y yo soy un noble del reino! Es imposible que el Consistorio tuviese alguna duda sobre que yo pudiera manejármelas con esta luz.

---

\* Título original: *The Ligt-House* (1849). Texto incompleto e intitulado por el autor que Thomas Ollive Mabbott recogió por primera vez, dándole también título, en la publicación *Notes and Queries*, 25 de abril de 1942. Edición de referencia: *Collected Works of Edgar Allan Poe* (1969-1978).

*Un* hombre se ocupaba antes, y lo hizo tan bien como los tres que se ocupan habitualmente. El trabajo es una nadería y las instrucciones escritas son lo más sencillas posibles. Nunca hubiera permitido a Orndoff acompañarme. No hubiera podido hacer este libro de estar a su alcance, con su intolerable entrometimiento, por no mencionar su sempiterna *meërschaum*[1]. Además, quiero estar *solo*.

...Es extraño que nunca haya yo observado, hasta este momento, cuán temible suena la palabra ¡*solo!* Casi puedo imaginar que hay algo peculiar en el eco que despierta entre estos muros cilíndricos... pero, ¡oh, no!... eso es una insensatez. Creo que me estoy poniendo nervioso con el tema de mi aislamiento. *Eso* no ocurrirá. No he olvidado la profecía de De Grät. Ahora voy a aprestar la luz y echar una mirada alrededor para «ver lo que haya que ver»... ¡Para ver lo que puedo ver, ciertamente! Y no es mucho. La marejada ha amainado algo, o eso creo... pero, no obstante, el cúter va a tener un mal viaje de vuelta a casa. Es difícil que llegue a avistar Norland antes de mañana a mediodía... aunque no debe estar a más de 190 ó 200 millas.

2 de enero.

He pasado el día en una especie de éxtasis que me resulta imposible describir. Mi pasión por la soledad no podía verse colmada de forma más completa. No digo *satisfecha*, ya que creo que nunca se saciará con un placer semejante al que he experimentado hoy... el viento ha amainado al alba y, a la tarde, el mar estaba materialmente en calma... No había nada a la vista, ni siquiera con el telescopio, fuera de alguna gaviota ocasional.

---

[1] Pipa de espuma de mar. (*N. del T.*)

3 de enero.

Calma chicha todo el día. Por la tarde, el mar parecía un espejo. Aparecieron unas pocas algas flotantes, pero aparte de eso no hubo *nada* en todo el día, ni siquiera un retazo de nube... Me he ocupado explorando el faro... Es muy alto, como he descubierto cada vez que tengo que subir sus escaleras interminables, he de decir que no tiene menos de cincuenta metros, desde la marca de la bajamar hasta lo alto de la linterna. Desde los sótanos, empero, la altura total no baja de sesenta metros, ya que el suelo está a diez metros *bajo* la superficie del mar, aún con marea baja... Me parece que el agujero ese podría haber sido rellenado con sólida sillería. Sin duda, eso hubiera aumentado la seguridad de la instalación. ¿Por qué se me ha ocurrido eso? Una instalación como esta es segura en cualquier circunstancia. Puedo sentirme seguro aquí durante los más fieros ciclones que puedan desatarse, y eso que he oído decir a los marinos que, a veces, con viento del suroeste, el mar ha alcanzado mayor altura que en ningún otro lugar, con excepción de la boca occidental del estrecho de Magallanes. Pero el mar no puede, sin embargo, medirse con esos muros sólidos, reforzados con hierro, que se alzan quince metros sobre la marca que deja la pleamar, y que tienen más de un metro de grosor... La base sobre la que reposa toda la estructura me parece de piedra caliza...

4 de enero.

# NARRACIONES EXTRAORDINARIAS.
## BIBLIOTECA EDGAR ALLAN POE

Antología I. *El manuscrito hallado en una botella.*
— Prefacio a *Tales of the Grotesque and Arabesque.*
— El Folio Club.
— Metzengerstein.
— El duque de l'Omelette.
— Cuento de Jerusalén.
— El aliento perdido.
— Bon-Bon.
— Cuatro bestias en una.
— El manuscrito hallado en una botella.
— La cita.
— Leonizando.

Antología II. *Morella.*
— Sombra.
— Silencio.
— Berenice.
— Morella.
— El rey Peste.
— Mixtificacion.
— Ligeia.
— Cómo escribir un artículo al estilo *Blackwood.*
— El diablo en el campanario.

Antología III. *El hundimiento de la Casa Usher.*
— El hombre que se gastó.
— El hundimiento de la Casa Usher.
— William Wilson.
— La conversación de Eiros y Charmión.
— Por qué lleva el francesito la mano en cabestrillo.
— Instinto contra Razón: un gato negro.

134